Reliure

魂の不滅なる白い砂漠

詩と詩論

ピエール・ルヴェルディ
平林通洋・山口孝行＝訳

幻戯書房

目次

II　詩論

附論

ロゴ・イラスト——丸山有美
装丁——小沼宏之[Gibbon]

詩人のことば——巻頭言にかえて

これから生きながらえたとして、それで人生がうまくいったり台無しにしてしまうほどに傑出した何かを私が成し遂げることはもうないだろう。

ここで証立てられているのは、ほとんどの私の時間が吸収されてしまった活動の類いについてである。

とりたてて自慢するほどのことは何もない、そんなことは誰かに言われなくともわかっている。

おそらくずっとましなことをすべきはずだったのだ。

なんということか、ことあるごとに機会は逃れ去ってしまう。影のように消えてしまうのだ。

とはいえ、私はいつも約束の時間よりすこし早めに着くようにしている。時間を守らないことは人々にとって礼儀なのだから。

希望の曙光があらわれるところに立ち続け、災禍にあって極みをなす限界につきあたるまで私は眠りに抗うことをやめはしない。

昨日もまた、私は空が荒れて不吉な光を放つのを見つめていたのだ。黒一色になった池の表面がその色を映し出し、そこには塊となって押し出されるようにインクの泡が浮き出ては破裂していた。つねに、出来事がどのようなものであれ、それはインクの泡。

悲惨に身を震わせ凍てつく霧に包まれてようやく私が目を覚ましたのは、親友が殺されたと誰かが知らせに来たときだった。彼の死体は日々の生活にも事欠くような人々しか出入りしない怪しげなホテルの地下蔵で発見されていた。死体が誰なのかわかるかと警視は私に尋ねた。私は扉がわずかに開いたところからのぞき見た。傷は見事なものだった。喉仏から臍の下まで、彼は開かれていたのだ。まるで一冊の本のように。

I

詩

スレートが一枚ずつ
　屋根から滑り落ちていった
　　ひとが
　　そこに書きこんだのは
　　　一つの詩

雨樋を縁取るのはいくつものダイヤモンド
　鳥たちはそれを飲んでいる

文字盤

月の上に
　　　　　ひとつの言葉
とても高くにある文字
　　　　　片目だったのかも
半分は閉じていて
　　　　そして空は
　　　　　　　　曇る
重たいカーテンが開かれ
音もなく
　　　　　灯りが輝きだす

すぐさま
もう一つのほのかな光が今や
　彼を導く

天窓

テーブルの周りで
　　　　　　影の奥底で
あの人たちの誰もあまり動いたりしない
そして誰かが唐突にしゃべる
寒い
　　　　　あちらには静寂
そして光
　　　　　　炎が跳ねる
煌めくもの
　　両手が置かれる

絨毯の上に
後ろでもう一人の男が何か読んでいる
もれるため息
すべては寝ついたばかり
留まらねばならない
窓ガラスは絵を再現する
家族
遠くでみんなが祈りを捧げているかのよう

夜遅く

夜が変質させる色
彼らが席についたテーブル
煙突形のグラス
　　　ランプは虚ろになっていく心
それはさらにもう一年
　　　新たな皺ひとつ
そのことについてあながたがはすでに思いをめぐらせていた
　　　窓から青い四角形が流れ落ちる
扉はさらに心の深いところへ
　　　別離

後悔と罪

さようなら私は落ちてゆく
　　そしてどこかの片隅に
いくつもの腕が私を受け入れ
ちらちらと私は飲んだくれる人たちを見ている
　　　私は身じろぎもできない
彼らは座っていて
　　　　　　　テーブルは丸い
そして私の記憶もおなじよう
私はみんなのことを思い出す
立ち去っていった者たちのことすらも

鐘の音

すべては消えた
風が通り抜ける
歌いながら
そして木々は揺れている
動物たちは死んだ
もう誰もいない
ごらん
星々は輝くのをやめてしまった
地球はもう周りもしない
頭が傾いた

髪が夜を箒で掃いて
最後まで形をとどめた鐘楼が
真夜中を知らせる

朝方

影はむしろ右に傾く
　　輝いているのは金
空にはいくつもの折り目がある
青い大気
　　　　　　　ありえないような織物
多分それはもうひとつのレース模様
窓辺に掛かる
　　瞼のように瞬いている
風のせいで
　　大気

太陽

夏

まだ到着していない

太陽

誰かが出て行ったばかり
部屋のなかに
ため息が残る
誰もいない人生
表通り
そして開かれた窓
一筋の光線
緑の芝生の上に

待ちながら

時の流れで磨り減った輪郭
雨どいの下に水たまり
揺れ動く弱々しい反射
　　　　　　そして落ちてくる夜
どこかへ飛翔したりなどせず
私はこの繰り返す旋律から精神を切り離す
歩かねば
　　　　　　　　さらに下方でわずかな光
　心揺さぶる一節
すべては蒸発し干上がる

両手は空気中にとどまる
　太陽が頭を砕く
最良の時とはどのようなものか
胸にイメージそして文字盤に片目
焔が照らすガラス窓
　　波は風の下に
　　　そして時は自ら鞘に収まる

予見されたパリ

それから壁の間にはもう動かない男
　　　　　　　　　　　　　埋め尽くされたページ
　照らされた額縁が歩道のあちらこちらを通過してゆく
まだショーウインドウに燈が灯らない時間の
パリの赤茶色のこの風景の中で
　紙葉も人々も通り過ぎていくすべて
　庭の奥はよく整えられ際だってあらわれる
空
　　右に美しい通り
　　左に大きな川

動かないで話している男が
タイル張りのテラスで手すりの近くに
首都がオベリスクの周囲を回りそして地方が
立体鏡でそれを見ている
いくつものイメージ
大文字のこの藻
雨よけの下で裸になったこの頭
くっきりと生々しくなったこの顔立ちが
霧のうえにあらわれる

現在の精神

白い
壁に厚紙
それは片目
そして印
振り子と時間が欠けている
両手は部屋の中で空気を繋ぎ止めている
あるいはそれが何であるのかしらないし
なぜかもしらない
テーブル
世界

あるいはおそらく未来に一艘の船
だがその瞬間に
　　　　　　　　私たちはそこにいる
空が森の一角に寄りかかる
雲の翼にはマストの先端
みなは大騒ぎ
　　　　　すべてはあまりに重くのしかかる
私の頭と腕に
　　　　　私は風がやって来て
堆積していくものを持ち上げてくれるかと待っている
みなはうまく呼吸ができない
　　　　そして遠ざかってゆく水平線を思う
　　　精神は手探りでその後を追う
あの片目がここに戻ってきた
　　　　　　　　それからテーブルがひっくり返る

外ではすべてがあまりにも大きい
　日は長くのびる
そしてこの場所はより薄くなり透明になる
しかし背後に人々は何も見ていない
　　　　何もない
　　　　　ただ漠然としている

美しき西方

本の背といくつもの風の紙片の間に
透明な洞窟
そこで水が泡立つ
歯の間で
言葉
白くやわらかなかたまりが列をなして倒れかかる
未熟な視線は船の側面へと逃げ
そして水平線に至る
すべては止まる
あちらでは他のところと同じようにドームが自力で立っている

いかなる柱も鎖もなく
　しかし日はより長くなってゆく
　　青く筋をつけられ
　遠くで
　　行方知らずに
だがいつも同じ側から
　丘の方へ
そこでは道が曲がりくねって登っている
光を砕く岩山にまで
　　夕日のすぐそばで

より清らかな血

夕暮れが庇となり私の妄想が和らぐ
その時刻に私はより虚ろになり生きる畝のなかを進む
わずかに開いたその畝
空の横糸が引き裂かれるその下で
そして空気はよりひんやりとさらに凝縮され揺れ動いている
今は笑う時ではない
時間の薄皮は変化してゆく
そして光り輝く穴は
ざわめく草で示された足跡に沿って進んでゆく
どんなに重く引きずられた歩みの跡なのか知る由もない

道筋は空に
雲が弾丸となって走るそのあいだに
風のさらに機敏な手の下で
横切っていく数々の閃光と天使たちの群れが
　　　　　　　　　　　　　　森で戯れて
そして西の方のもう一つの世界に向かって消えていく
いくつもの水晶の泉が音をたて
言いよどんだ言葉が音をたて
大きなアーチの下
そこで男が困惑して
　　　　　立ち止まる
心臓を打つ音
　　あるいはまぶたを打つ音が
　　　　　　　　　　　　　　　　続いている

そして時刻は新しい名前で新たな歩みを始める

夢なる黄金が眠る人を目覚めさせるとき
旅立ちを迎えた命が静脈の激発のため沈みゆくとき
あれらの視線がどこを向いているのか明るくてもわからないとき
もし心が通じ合う言葉のかずかずとあまりにも遠くにあるなら
戻って新しい回り道に入るにはどのようにして
話せばよいのだろうか
　白い寒さのなか羽も動きを止めているのに

セントラル・ヒーティング

小さな光が一つ
君は一つの小さな光がお腹の上に降りてゆくのを見ている
　　　　君を照らし出すために
――一人の女が火矢のように伸びをしている――
あちらの隅ではひとつの影が何かを読んでいる
彼女のしどけない両足があまりにもきれいだ

心臓がショート
モータに故障
どんな磁石が私を支えているのだろうか

私の両目と私の愛は道を誤っている

とるにたらぬこと
灯りをひとつ誰かが灯しそして消えた
私は風にうんざり
私は空にうんざり
結局のところ目に見えるすべてのものは作られたもの
君の口でさえも
だが私が暖かみを感じるのは君の片手が触れるところ

ドアは開かれたが私は入らない
私は君の顔を見るがそれを信じない
君は青ざめている
ある日の夕べ人々は悲しみ行李一つを前に涙した
あちらでは男たちが笑っていた

ときおりほとんど裸の子供たちがうろついていた
水は澄んでいた
一本の赤銅の糸で光がそこに導かれる
太陽と君の心臓は同じ材料でできている

さらに愛を

私はもう夕暮れにあらわれるあれらの椀に向かって出立などしたくない
一番身近な影たちの冷たい手を握ることも望みはしない
私はこうした絶望のアリアのかずかずからもう離れられない
沖で私を待ついくつもある大きな輪に辿り着くこともできない
しかし形を持たないこれらの顔の方へ私は向かっていく
これらの動く線の方へと向かって閉じ込められてしまうし
これらの線は私の両目が不確かなままに描いたものだが
これら混乱した風景とこれらの神秘的な日々へと向かうのだ
それは灰色の空の覆いの下を愛が通るとき
愛とはいえ対象を持たぬまま昼も夜も燃え続け

自らのランプを使い出るやいなや消えるため息を
繋ぎ止めることにあまりにもうんざりしてしまった私の胸をすり減らす
あれらの遠い青みと熱い国々と白い砂地のかずかず
砂浜では黄金が巡り怠惰が芽吹く
生暖かい埠頭では水夫が眠る
硬い石にへつらう油断ならない水
草を食む貪欲な太陽の下で
重くまどろむ思考は目を細め
軽やかな思い出が額の上で環になって続く
深すぎるベッドで目覚めのない休息のかずかず
いくつもの労苦が翌日に延期されながら続く坂道
空からの微笑が片手のうちに滑り込んでくる
だがとりわけこの孤独の後悔のかずかず
ああ閉ざされた心よああ重くのしかかる心よああ深い心よ
決してこの苦しみに慣れることはないのだろうか

いつも愛を

ほのかな光の下に滅多に見ない草がいくつもあり
ばら色の頬の下に桜の木々があり
ダイヤモンドのかずかずの下には隔たりがあり
そしていくつもの真珠でその隔たりが飾られている
シャンデリアの下に生ぬるい水たまりがいくつかあり
細切れの田園を通って
輪切りとなった眠りのかずかずを通って
水やいくつもの轍を通って
墓場にひろがる芝地
君を通って

世界の果てまで
一歩一歩まわり巡った世界
君の愛は夕べにあらわれる輪の下にあり
絶望したその身ぶりにほとんど力なく
君の胸に流れる水に波はほとんど立たず
運命の脆い手摺によりかかって
私は失われた思いからなるこれらの白く舞う塊を愛している
その思いが失われたのは冬の風と蝕まれた春のこと
私の精神はかつてあったこれらの鎖から解き放たれる
赤錆が解いたのだから
今日君の鎖がさらに強く私を縛りつけるために

翼の先端

あるがままの君のことを本当に愛している、と彼は言っていた。抑圧された理想の類いを吹聴するあの人たちにかかずらわれば、すぐに行き着く先は立ち消えてしまった欲求のかずかずが残した疲労感。月が養ってきたのは自らの嫌悪感をわたしたちに遺していったあんなにも多くの人たちなのだ。

だが太陽はあり続ける。地上が暗くなり、木々の枝はまどろむ。

大気が引き締まり震え出して、緑色をした両眼は光線に瞬く。心臓は物質となったいくつもの魂たちに彼らの血を送り返す。岩が塞いでいる小道は不公平で不毛な戦いが繰り出すステップで踏み固められていた。だがこの虚しい飛躍を前にして、自身の主権を譲らぬ貧者は沈黙して誇りを保ち続けることだろう。

自由の種

レールと街道を縁取る下書きの色あせた紙片の下、血のざわめきはゆっくりと横たわってゆく。四隅の細かなところに何があるかなど考えずとも、それは遅延が見せる顔立ちそのもの。漆黒に染まる一本の小川が岩の下でざわめいている――そして、もやのなかに閃光のように動く魚の隠れ場、さまざまな灯りと予兆がもたらす末期。朝の寒さで紫がかり血が滴る皺にある静けさや、天変地異の棘で引き裂かれた風の焼けるような痛みのかずかずが生じるのは、はち切れんばかりに膨らんだ心の群れがあまりにも遅く帰って行くときのこと。過去の時間がおしなべて昔を懐かしむときのこと。向かい合って生きてきたかずかずの静寂がそれぞれに離れてゆくときのこと。カードゲームを嗜んだり、頭巾の着いたマントを被った自尊心をめぐる言い争いもしたが、よき日々の夜に生きることに私はもううんざりしている。私が探しているのは、いくつもの線から成る画布にある新聞であり、写真と風景による半身像であり、鏝《こて》で形づくられた努力と不幸とため息の重さで潰されうめき声をあげる世界だ。光を欺くことをやめた蝶の放つ煤は、死に行く人々の葉のような指にこびりつく。夜の上に数々の水晶が広がってゆく。自由の肺はインクを飲んでいるのだ。

愚かさの鞘

芸術にまつわる言いがかりはいまだ家々のうえに掛かっている。まるで野生の植物と花々でいっぱいの野原に脂ぎった紙がかけられているかのよう。根のところで膨らんだあまりにも強靭で強い毒性を持つ菌類でいっぱいだった厳しい時代に、胸があつまって重たい空気を出すなか、いくつもの襲撃行為がなされるのだ。

視線の澄み切った鞘から抜かれる憎しみの剣があり、頭のもっとも高い階で開かれる仲間の集会もある。

勤勉な蜘蛛たちが編む巣のかずかずにより曙が牢に閉ざされるとき、沖の大気はいつも稲妻で熱くなる。店がならんで悲劇の浜辺となったところに風がやってきて優しく嘆きの声をあげる。まさしくそこなのだ、太陽が彼女の胸の神秘的な方角へゆっくりと彼女の心臓の狭まった谷間の底へ昇らんとするときに、ブロンドの夢を見ながら眠る女が死にゆくのは。まさしくそこなのだ、まつげを縁取る暗いモミの木が忘却の湿気た隘路にのめり込んで行くのは。霧の根源のところで、太陽の柔らかすぎる芽吹きに、自らの最も明晰な時間を過ごした者にとってはそうなのだ。そこでこそ、死が歯をむき出しに流れ出しているのだ。そこでこそ、愚かさと偽りからなる肥え太った植物が栽培される黒い腐葉土が立ち上がってくるのだ。

忘却の標石

生暖かい手の窪みでほんの少しの水に溶けた道のうえで、太陽は両開きに開いてゆく。それが四方に広がっていくなか、平原の袋小路は情け容赦なく絶望にたたき落とされ、不幸をもたらす出会いの数々から蹄鉄をならして大急ぎで逃げてゆく白馬の面前にある。その白馬はたてがみに多くの鋼の描線が刺さり破裂している。少し開いている門から溢れ出てくる声には気をつけろと叫ばなければ。なぜなら、岸辺と坂道に沿って続く掘っ立て小屋は、犬どもが同類と合流するあの犬小屋よりも時間から逃げるのに適しているとはもはや言えないのだから。

そこだ、空腹で死にそうな老人が眠っているのは火のない暖炉の手前のところ。もう人生の下で何かを考えることのないこの老人を時間はまだ一本の糸で引き留めて閉じ込めている。そしてこの暗い内部、悲しみや絶望が据え付けられ、空虚の穿つ切り込みのように凍えた内部は、外部からの歌を吸い込んでいく。いくつもの奈落と罠がある。いくつもの渦があり、愛も精神も飲み込まれてしまいそうだ。肉の皺は昼間の白い壁に並べられている。だが、夜の二人組、北側の斜面には、どうしたって修正できない精神のすべての欠陥が刻まれている。赦しを求めても、人ぞれぞれの繊細な感情に呼びかけてみても無駄なこと。もう決まってしまっているのだ、すべては沈み込み崩れていくことが。忘却のなか、人でいっぱいになった上の階とテラスの庇の下で。

流れ星

水平線では鳴く蟬などなくとも稲妻が走り、暴風雨では血の一滴すらなくとも裂け目が広がる。しかし、とりわけオアシスなき砂漠と理性では、隠れ場のない数々の窓と、スクリーンにたどりつかない様々な光と、斜光のもれないランプシェードがあり、それは私が徒刑囚であったころの最も罪深い記憶を処刑するギロチンのようだ。

あなたはどこでこの写真をくすねたのか。私の惨めな心のありようと極めて俗物然とした輪郭をもった私の身体を映した擦り傷がまだついていないこの写真を。心と思考の街道はあらゆる棘によって穿たれていく。それは、打ち傷の痣で、水辺の岸で、涙の首飾りで、前兆で断ち切られた道であり、獣たちの憎しみと遺恨で線引かれた道である。これらのページは泉を映す疑り深い鏡となり、私は自分の姿をそこに認められずにいる。

危機が小刻みに揺れ時間が一滴ずつ積み重なっていくこの水たまり。

天の脅威に挑む私は頭から足まで割けてしまった一つの証言であり、現在から表現の起源にまで遡りながら創り上げること《クリエーション》が何を意味したのか、そのことについて私は厳密ではあるがすぐに消えてしまう一つの証言なのだ。

近くのドア

時々は金髪の盲人に警告しなければならない。自分の書いた紙にかこまれ震えながら彼は忘れているのだ。眠らぬ夜々に疲れ果てていた割礼済みの競技者、打ち負かされた重みのない競技者のことを。期待されてなどいないのに、ほとんど寝ていない耳の悪い男のことを。切り分けられた部分から発する欲求については自分自身の内実でもって応えるべきなのだ。というのも、雨よけの下で濡れずに身振りを続けながら、私は死に問いかけているのだ、この無実の犠牲者の依然と生き生きとした片目について。私は問いかけるのだ、別の何かのために仕掛けた罠のせいで瞬く間に打ち砕かれたこの飛翔の苦しみに。私は静寂と失敗に問いかける。歩みの悲運に、雑然と積み上がった不幸に問いかける。流れ出て整え並べられたそれぞれの語は、私が獲得する光沢ある自由の鎖の環であるはずだ。消失するものがあり空気の泡が広がるその下、私たちが触れることもできないほどのスケールをもった体軀のあいだに広がる計り知れない隔たりにあるのと同じくらいの静謐がひろがる。数々の幻想で煙を立てているいくつもの燠火、激しい不幸の灰色をした埃が、高いところから幾層にもひろがって堅固で壮大なモニュメントを打ち建てる。君は、決然と振舞う自然、不安定な友愛への穏やかな否認、砂漠で突然におこる泉の枯渇、忘恩の砂丘に積もる冷たい灰となるだろう。しかしまた、私が武器を選ぶときは双刃のいや三重刃の剣を取るのだ。常に、最後に、その刃の一つを自分自身に向けておけるようにするために。

魂の不滅なる白い砂漠

今、愛と私の間には、もはや死がもたらした蒼白の烙印とすぐに消えてしまう沈黙の痕跡しかない。

愛と私の間には、もはや苦悶の差し出すざらざらした握手がもたらす冷たい締め付けしかない。愛と私の間には、もはや敗北の隘路に私の道を跡付ける血の滴りしかない。この砂浜では砂の一粒一粒がじっと動かず触知されない記憶なのだ。そこで、莫大な重力がかかるなか、口をつぐみ形を思わせる細部をまったく持たず行ったり来たりするのは白い人物たち。白い顔で、白い身体で、白い苦痛を生き、ほとんど白い後悔、白い思いを抱えて。そして私といえば、この取るに足らない渦巻のただなかで少しずつ無色になってゆく。ある声が岩から岩へと滝のように降りてきて私に語りかける。「君は終わりもなく影もない忘却の砂漠にいる。ここには、どんな文字の心を揺さぶる四辺形であっても決して入り込むことはない。ここでは、思考はそれ自身で自らの墓を穿つ。ここでは、内なる翼は自分自身の羽ばたきで出発の炎に燃える胸を引き裂く。ここでは、孤独の意味するものが兆候から現実となるのだ。」

北の方で砂浜を縁取る海は身じろぎもしない。その波の稜線は堅牢で不動を保っている。そこでは、重みをもつ人すべてがたやすく波の上を歩行することができるのではないか。東の方では、空が帯状に輝くあたりに、欲望が眩いばかりに荒々しく立ち上る。西の方では、皺が穿たれた試みの数々、まだ完全に熱をなくさず湯気を立てているすべての失望、ろくに手当てされない悲嘆、数えきれない絶望が横たわっている。

幸運のたてる物音がいたるところにこっそりと滑り込んでいく。

しかし、突然の破滅とゆっくりと進む悲惨がもたらす災禍は自らの不吉な光で山々の連なりを照らし出すのだ。金が身体の静脈を循環し指先に至り、そこからは澄んだ水や重い血のように、喜びの涎のように、滴となっていく。金、金の川、自由のレール、愛の優しい光。両手は揺さぶられ、重たい音が聞こえる。悲惨さからの恥ずべきすすり泣き。哀れな手垢にまみれた泡が、貧しいものに割り当てられた墓地の、血でできた刀身ひとつひとつの頂きにあり、墓石のひとつひとつの頂きにあるのだ。ここで、不死身の貧困が引き連れるキャラバンが四方八方と駆け巡るこの砂漠で、愛と私の間には、もはや苦しみで燃え上がる断崖と不運でせりあがる目眩がするような頂きしかないのだ。

美で満ちた頭

金色をした、赤く、凍った、金色の深み、苦しみが蠢いている深みで、動きまわる渦巻が私の血の沸騰するあぶくをかずかずの器のなかへ運び去っていく。私の胴体が焰となり回帰するところへ。モワレ仕上げのように変化する悲しみは心の柔らかな亀裂に飲み込まれていく。不明瞭で複雑で言葉にできぬいくつもの出来事がある。しかしながら、秩序を指向する精神、規則を重んじる精神、すべての絶望にみられるような問いかける精神もあるのだ。ああ君よ、生にかまけている君よ、花が咲き乱れ生の刺に満たされた薮で、落ち葉と、勝利の名残と、助けをもたらさぬ呼び声と、金褐色の塵屑と、数々の希望が乾いてできた粉と、栄光の黒くすすけた燠火と、反乱の衝撃のかずかずに囲まれて、君よ、もはやどこかに辿り着きたいとも思わなくなったのか。君は血の尽きせぬ泉。君はほのかな光が照らす強度な災厄。いかなる泉の噴出も、冷気をもたらす氷河であっても、この災厄を自らの精気で消し止めようなどとは決してしないだろう。君は光。君は埋もれた愛が音もなく離れるのにたどる曲折そのもの。君は無限の梁の上に釘打たれ空を飾る装身具。君は相容れぬ思考の天井。君は敵対する力どうしの気が遠くなるほどの圧力。君は髪が砕けんばかりの激しい音で混じり合ういくつもの道。君は甘美さであり嫌悪であり——刃こぼれが見える水平線であり、無関心と忘却で引かれた混じりけのない線であり、今朝、秩序と静寂と全世界革命においてただ独り立つ。君はダイヤモンドの釘だ。君は純粋さそのものであり、世界をかたどる線のなかで私の思考が満ちて引くまさにそのとき、まばゆいばかりの軸なのだ。

二つの星

背景のない絵
一分間の停止
天井から星が落ちてきて
君の瞳を閉じる
鎧戸がもう一つの瞳の代わりをする
私はあなたの手の上に私の手を置いた
上方の裂け目を通じて
空が見える
すべてが輝いている
右の鎧戸は格子状だ

そして人々が下る道で
聞こえてくるのはいつも同じ言葉
誰かが来る
さようならを互いに言う暇もない
影にまだ残るのは
君の目の光

水平線を飲んだくれる者ども

毒と澱は囚われの海の上に
悪徳は船の首飾りへ滴となって落ち
どこを見るでもないこの男たちは遊弋《ゆうよく》の熱い血がたぎる
憂いに沈むこの男たちにとって愛とは水上で生きるもの

彼らの目は檻のように開かれる
記憶の重さでへべれけな千鳥足
彼らはむさ苦しい穴倉へ帰るのだ
彼らは隠れる
追放と憂鬱と厄介が

熟しすぎた果物のような彼らの心と精神を分け合う

熱い吐息はドアの敷居のステップの上
大通りと夜の流れに向かう
海辺と港
死に絶えた冒険があり
その熱情がただよい発酵し酸敗する
鼻腔が膨らむのは猛獣の香水の故
労苦が残した臭みと
テーブルの影にうごめく末期の臭み故でもある

腹はこれらの墓標の下で平らにされ
耳は重すぎる言葉と
美しすぎる名前で塞がれ
包帯を巻かれた額がなす弓のもとには欲望の鋭い矢

今夜精神がかき乱されるのは
出発のイガイガした味わい
世界の白い裏面に新しい道をたどり
希望のない艀で突然の帰還に向かう

出発いつも出発
のけぞるように駆け出すのだ
旅立ちは明け方の描線上で追跡され
奇妙な孤独のかずかずを征服へ
それは息を切らした夢だけが知りそして横断する
焼けつくようで湿った砂漠
そこで肉と精神が味わいある泥にまみれ混じり合う

混じり合った血の酩酊
私の心と私の身体の苦悩から世界全体へ

不意の心情

砕ける波の食欲
夕日のなかに海
そして光り輝く欲望のかずかず
朝日が泡立つほどに
岩のなかでは情動が転覆している
柔らかな海は自らの怒りに投げつけられ
熱情の下で押しつぶされたドアと
大気の遮るもののない深淵にむかって
大地　地獄　切り込まれた溝
私の心臓　私の肌　私の臓腑

私の夢の恥ずべきしるしのなかに
太陽という電球はあの棘が破裂させたのだ
棘　それはほのかな光で満たされた私の鋭い夢
恐れの限界では満足などもたらさぬ罪の数々であふれそうだ
地上では公然と罰されることない殺人で
私を探る残酷すぎる視線の下あれほど厳しい報いを受ける殺人で

秘められた内奥

いやすでに両手が話しているような水平線を望む場はもうない
そして黒ずんだ飢えはすべての岩場を回避した

逆光が差し込むろくに家具もない住処の中で
傷が癒着したばかりの正面に
思い煩いの樹脂が石から命に
墓石から光にしたたり落ちる時に
林の中の空き地にシュロの木がありその下に
埋もれ日が失われた時が過去の時が
すべての曲がり角で寄り道せず

花のように記憶を摘まなければならないとするなら
森があつまって沐浴場となったところで
色のない街道の呼気のなかで
深い淵の皺のなかであまりにも肌寒いときに
闘士たちが自分たちの息で袖を膨らませているというのに
夏の境界で広がる塩の土手沿いで
やっとかき集めた白い穀物にあんなに多くのしるしを描くことに疲れ
夜の鋭敏な指のあいだで黒さが私につきまとう
それは嵐が自らを切り裂く季節の間隙よりも豊穣で
手足の動きの片隅にある欲望よりも乾いている
この時代の言葉の上にあるのは青い塩と灰
見かけによらず厄介な風の下で私もともにいる
そして心はばらばらに
日々と鳥たちの深淵が何もせずともそこに
幸運はむなしく自由はしおれ

いつくもの時間は反響せずつ連なって続く手のなかへ

熱の重みが肌の上で砕ける
その日の棘で思考は自らの高熱を乗り越える
その日の椀は伸びた手に揺すぶられて溢れ出す
そして帰還の喜びは君の額を輝かせる

口づけは朝の困惑している頬に
叫びは病的な苦痛の奥底に
私が紙に書かれたご神託にお伺いをたてるとき
すべてが予兆の手のなかで見分けがついてしまうとき
その日の灰色のこめかみのうえに
その場しのぎが続くさなかで
たとえ運命の坂道が
霧にまぎれて自分の番を待っていたとしても

幸せの路地に空腹の叫び
葉むらの下に密なる小川のざわめき
そして自由な声は覇気もなくこの喧騒の上をいく
あっというまに疲れが足に
あっというまに死が手のうちに
幸福を記すプレートはすべて裏地に隠される

そして喜びの花はまだ君の顔がうまくデッサンできていない描線の絶えず様相を変える網
　目のところに

季節の翌日

自分自身よりも遠くに私は行けるのだろうか
櫂がかすめる激しい流れの上で
狂気をかすめ
歌をかすめ

体調が崩れてゆくのを眺める暇が私にあるだろうか
そして休んでいる私の心よりも孤独に閉じ込められた君
どのようにも受け取れる飛翔で夜を乱す君
君　空の埃　なかなか定まらない形

とうとう私を苛む激しすぎる流れ
体内の炎に捉えられた速さのなかで
陽気さは打ち砕かれていき
魂は溢れ出る
南の方で死の穏やかな圧

というのも私の運命には一行よりも多くのものがあり
日々の刃には禁じられた官能よりも多くのものがある
私の血管を損なう貪欲さに
私の五感の恒常的なためらいに
止まった私の心の不安定な姿勢に抗って
それから熱に浮かれた時が奏でるリフレインと
ファサードの青みのうえに歩道の謎
明日のすべての足音はもう一方の深淵で数えられる
私はもっと下へ降りてゆく鉱山の中へ

理由のない愛の薄暗い鉱脈へ
苦しみは憎しみの炎で弱められ
傷はこの行程でひりひりと痛み
奥深い時間は私の胸にぶつかり
空が沈み込み硬くなってゆくとき

私の掌の中にただ情愛の灰
あるいは愛の塩
乾ききったパンと硬くなりすぎた心

ギリシア旅行

私は自分の運命のすべての結び目を一気に繰り出してしまうことだろう、寄港地などないままに。心は旅の話で満たされてゆき、片足をいくつもの出航タラップからなる跳躍台にいつも置きながら、あまりに用心深い精神は絶えず暗礁を監視してはいるだろうが。風景のくっきりと浮き出る稜線と日々の円環の間に囚われ、海の突然の熱狂を鎮めるため張られたのとおなじ岩の鎖に固定され、いくつもの航跡が激しく沸き立っているさなか、私抜きで満載となり出発してしまったすべての船を私は追いかけていくのだろう。つまり、見るのだ。大地とは反対方向に進行する運動に抗い、それと気づかせぬまま船の縁と私たちを離してゆく運動に抗いながら。あれらの頑な額にも、あれらの輝きのない目にも、あれら癒着してしまい不平も言わぬ唇にも背を向けて、大風の日々には雲の帆を水平線の糸で編む港のもつれあった針のさらに上で。次の順番を待ちながら。もやい綱をとおして決断がくだされるのを待ちながら。それは理性が条理を見失い、運がただ偶然のままにゆだねられるとき。私があれら色つきの船の一つに乗って、乗組員などおらずとも沖に出られるようになるその日まで。釣り人の金褐色の毛針に惹かれた魚のようにジグザグに帆走し、灯台から灯台へと食らいついてゆきながら。そして疾駆するのだ。星もない磁気を帯びた夜の下、風のうなりのただなかで、猟犬のように群れた波が疲れ切った喘ぎを放つなかで。厳しい水平線の奥底から澄み切った切妻がついに現れるときに、東方にあらわれる合図をたよりに、ギリシアの輝かしい岸辺に接舷することになる――穏やかな波浪が滑らかに衝撃をあたえず飛翔するさなか、海上を支配するべく置かれた大きな手の指の間で戦慄に震えながら。

流砂

馬は空気に霧散し
騎馬隊の喧噪はやみ
砂漠にうかぶ幻影のかずかずよ
オアシスなのか滝なのか

私は港を出て
狭い通路をたどる
そして死へともどるのだ
荷物はすべてなくして

明るく乾いた視線で
私はパレードが瓦解していくのをじっと見る
瓦解していくもの
潰走していくもの
それは森の野獣たちの群のかずかず

すでに私はあまりにも遠いところまできてしまった
この不吉な迷路で曲がりくねった道をいくつもたどり
藪や棘だらけ
魚の尖ったひれだらけの
荷物の破片だらけの
歌の鱗だらけの
現実とは思えない瓦礫だらけの迷路をたどって
それはなにより
いくつもの仕切り壁をこえたところで

大地があのように震動したあと
うまく切り抜けられると望み続けるためだった

それはゲームなどではない

そこから見事に抜け出して私の名誉を守り
いかなる損害もださないこと

それはたぶん違うのだ
　なにしろ
何かが震動したわけではないのだ
むしろほとんど感じとれない身震い

　一つの断片がある

ちがうすべては破裂してしまっていたのだ

大地は割れ
巨大な口が開いているかのよう
汚らしい裂け目が膨れ上がった唇で縁取られ
　そして
巨大な化け物じみた喉の
扁桃のあたりで私は止まって
　　動けなくなっていた

空気はあまりにも湿気ていて
そのなかでは生暖かかった
海はさらに遠くへと引き下がり
海岸線を厄介払いしていく

思考がそのより高い階梯から
再び降りてくる

バネ仕掛けはもうなくなった

聖なる蒸気が風景を満たす
私が言いたいのは死が
すでにページのほとんどを占めてしまったこと
そして夕べの風が徐々にその叫びの声を強めていき
私が何を言うべきだったのかなどわかりはしないだろう
錯乱から踏み出たところで私に何ができたのかも

今やすべては黙りこくっている
冷めた情熱はゆったりと引き下がっていく

よいこともわるいことも
最良なことも最悪なこともあった
それでも後悔はない
思いつきが飛び跳ねることも
流産した試みも
しかめ面もなければ偽りもないのだ
なぜなら
事物の透明な根底のところでは
起きてしまったことの真実を語らんとして
労苦するに値するようなものは何もないのだから
虚無すらも
そのスポンジのような夾雑物にあっては
えらく買いかぶられたもの

風が黙りこむ

声が黙り込む

響きのないこの声
色もなければ
いかなる種類の震動もない
形も味もないこれらの言葉たち
あたかも味蕾のない舌に甘美極まる果実がおかれたかのよう
それでもやってきて
私の精神に
光り輝く徴を
取り憑くようでいて厳密な徴を刻んでいく
それは聖なる碑文の数々が
様々な死語で刻まれているかのよう

意識ある存在がかように崩れゆくなかで
王宮の正面が無数の皺を刻まれて残る
微笑みがそこに現れるやいなや滑るように遠ざかる
輝かんばかりに今この瞬間が削除線をもたらすなかで
時はどうあれ
語るも語らぬも
刈り取りにあっては
同じ震動を引き起こすのだ

あのような大風が何度も襲って
数々の脳みそに吹き付ける
しっかりと耐えるのから
揺らいでしまうのまで
至高の飛翔へと踏ん張るばかり

知るため
愛するため
存在するため
命を味わうことが
　できるようになるため
生きて死ねるようになるため
同じ嵐にあって
同じように滑落していく
同じ線上で

このありようのない空間が絶えず引き下がっていく
　虚無へ下る斜面がより暗くなる
この虚無とやらを
ほのめかした私だが
そこに至るまで皆様方におかれては

時間の余地なく
誰が泣いて誰が笑うかなどお分かりにはならぬはず

驕り高ぶりがその茎の上でうなりをあげ
この狭い侘び住まいで私の資格は伸びきって
様々な名誉がちりばめられた斜面があまりにも下方で煌めく
ゆったりと生えてくるものは苔と飢え
支配しているのはかすかに感じられる仄明かりと
汗におおわれた
肌の味わい

ここで頭は回転し
風がひっくり返り
太陽が照りつける
日光でできたこの進軍ラッパは

片手で支えられ
屋根の数々が織りなす古文書の放つ
くぐもった律動にあわせて鳴る

そして聖なる蒸気が
うねりのように上ってきて
ヤニとお香が
君の声がなす音階が
高みにある小部屋のステンドグラスを曇らせる
私のよろこびはそこで
あんなに昔から輝いていたというのに

私は遠くからあなた方について行くことにする
渓谷の緩やかな斜面を行く
光の牧者たちよ

金色のミツバチのように
私は自分の戦利品を探し続けるのだ
あまりにも早い時間に森の木が切れたところにきて
朝の寒さにゆっくりと感覚を失っていく
夕べの寒さは
年老いた預言者たちにはさらに危険なもの
昔の預言者たちは明日を思うことはない
たぶん彼らは
もっと早めに祭りから離れるほうがよいのだ

そうだ祭りといってもよいのだ

むしろ戦いなのだ

あまりにも長いあいだ

両足と頭をつかって
日々が連なるこの鎖を引きずって
数えるように一歩ずつ

あの鋳型の数々は作り直された
大地はちりぢりになっていく
心は横断される
錐のようなものが通るのだ
諸々の季節の苛烈さで烙印を押されたその顔は
命よりも暗い
響き渡るあの声に
とるに足らぬすすり泣きが
受難なき悲劇からうまれる

そして愛をかたるあの歌い手は

紙葉の数々のなか訳もわからず
聞こえぬ片耳に受け容れられ
金にひとしい心を詠むあの歌を甘くささやく
鉛よりも重いあの歌を

そして日付もちりぢりになってしまった
大気の裂け目に
数字たちはさらに素早くかき乱される
大地のあの乾いた皺のあいだで
あのいくつもの顔の隅々で
地獄の雲が通りがかりに捕われる
私は並木の上を滑る
帯鋼と麦の穂の上方で
あまりにも甘美な唸りが私の怠惰からうまれ心地よく
その怠惰は私の牢獄であやしつけられる

まるで愛のリフレイン

だが何かが軋む音をたてる
あれらの締め付けボルトのところで
むしろ締め付けないままに
ただ日々の骨組みを結びつけるだけのあれらのボルトのところで

それは草でできた糸をたわめる嵐よりも
強いなにか
水で一杯になった大地の裂け目で
雷雨が醸す天空のアーチよりも高いところで
その演目のクライマックスをむかえる

うねりが起きてかずかずの船体を激しく洗い始める
そして風が起きて帆につながれた綱を竪琴のようにつま弾く

私はもっと下へ立ち去っていく
　おそらく流されるままに
　　反対側の岸辺へ
または塵のなかに金の滴が垂れるままにしておくか
または夜のくぼみが一つ穿たれたところで
死に行くことになる
または私は自分の心を川へ洗いに行くだろう
運命の厳しさで汚れた下着を洗うようにして

だがしかし私に長居がまだ許される定めだとしたら
泣くべき何かを
微笑むべき何かを
道行きの偶然にまかせ
失うため
勝ちとるため

そして血の訪れを
日ごと日ごと待つための長居が許されるなら
それなら

私は天に祈ろう
いかなる人であれ私のことを見るにあたっては
幻影をもたらす一枚のレンズを通してであるように
そのレンズが捉えるのはただ
人を寄せ付けぬ水平線に広がる冷たいスクリーンに映る
苦み走った鉄線がおりなすこの横顔のみ
それほど絶妙に色褪せていくこの横側
流れる水で
露の涙で
太陽の滴で
海の波煙で

「I　詩」解説

一九一八年の『屋根のスレート *Les Ardoises du toit*』と一九一九年の『眠れるギター *La Guitare endormie*』の二つの詩集は、紙の選択・購入から書体の指定や組版にいたるまで出版社が間に入ることなく印刷所に詩人が直接出向いて取り仕切り、裁断と製本については妻のアンリエットとの家内作業で実現した。だがその多くの詩作品に対して一九二四年の『空の漂流物 *Les Épaves du ciel*』または一九二五年の『海の泡 *Les Écumes de la mer*』に再録される際に修正が施されている。その後もそのまま一九四四年の前期作品集『ほとんどの時間 *Plupart du temps*』に引き継がれ、そこに収録されている作品が現在「決定版」としての扱いを受けている。だが、そうしたルヴェルディにおける「手仕事」(後期作品集のタイトルでもある)を通して初めて活字になったテクストは、なにより雑誌「南北 *Nord-Sud*」を主宰していた時代の詩人の詩的創造を巡るダイナミズムをより明らかに示している。そのため「(スレートが一枚ずつ……)」「文字盤」から「朝方」までの七篇は一九一八年版『屋根のスレート』を、「待ちながら」「予見されたパリ」「現在の精神」「美しき西方」の四篇については一九一九年版『眠れるギター』を底本としている。なお、『屋根のスレート』の初版本については、配置構成を忠実に再現した版が二〇〇六年に、また複写が二〇一〇年の『全集I *Œuvres complètes, t. I*』に刊行されており比較的アクセスしやすい。その他のテクストは『全集I』もしくは『全集II *Œuvres complètes, t. II*』を底本としている。それぞれの詩作品の初出と再録された詩集などの書誌情報は以下の通り。

・『屋根のスレート *Les Ardoises du toit*』（一九一八年）より六篇

詩集としての刊行は一九一八年三月十五日。キュビスム画家ジョルジュ・ブラックの二つの複製デッサンを含んだ挿絵詩集として、ポール・ビロー印刷所より一〇〇部発行された。本書の底本は一九一八年の初版の配置構成を忠実に再現した二〇〇六年の『屋根のスレート』である。アンソロジー『海の漂流物』（一九二四年）か『海の泡』（一九二五年）再録の際に修正されたテクストが前期作品集『ほとんどの時間』（一九四五年）に再録されている。

『空の漂流物』は、一九二四年ヌーヴェル・ルヴュ・フランセーズ（以下NRF）から七九二部発行されたアンソロジー詩集である。このアンソロジーを構成する多くの詩作品は、『散文詩集 *Poème en prose*』（一九一六年）、『楕円の天窓 *La Lucarne Ovale*』（一九一六年）、『麻のネクタイ *Cravate de chanvre*』（一九二二年）であり、『屋根のスレート』と『眠れるギター』からは限定的である。このアンソロジーに掲載の詩作品は、初版本のような詩作品ごとに異なる書体が用いられておらず、また詩行間の幅の調整なども行われていない。

『海の泡』は、『屋根のスレート』や『眠れるギター』に掲載された詩作品を修正して構成されるアンソロジー詩集で、一九二五年NRFから八三二部発行された。前作の『空の漂流物』と対になるタイトルを付され、海と空における拡散し消失してゆくものの対置を描き出している。この詩集にはパブロ・ピカソによる複製デッサン（ルヴェルディのポートレイト）が挿入されている。前年に発行されたアンソロジーとともに一九四五年の『ほとんどの時間』の土台となる詩集である。『屋根のスレート』および『眠れるギター』の初版本においての断片的な詩句や配置は幾つかの構文的意味的解釈が可能であり未決定な状態に置かれ続けたのに対して、『海の泡』においては紙面上の空白を埋め断片的な詩句を繋ぎ合わせて構文上の条件を備えた文章へと変えられたものが多い。


「(スレートが一枚ずつ……)」《Sur chaque ardoise…》

『ほとんどの時間』、一九四五年六月に収録。

「文字盤」《Cadran》

修正が加えられ『海の泡』(九三頁)。一九二五年六月九日に収録。

「天窓」《Abat-jour》

修正が加えられ『海の泡』(九四頁)。一九二五年六月九日に収録。

「夜遅く」《Tard dans la nuit》

『空の漂流物』(一〇一頁)。一九二四年六月に収録。

「鐘の音」《Son de cloche》

『空の漂流物』(九九頁)。一九二四年六月に収録。

「太陽」《Soleil》

『空の漂流物』(一〇〇頁)。一九二四年六月に収録。

「朝方」《Matinée》

修正が加えられ『海の泡』(二四頁)。一九二五年六月九日に収録。
すべて詩集のための書き下ろし。

・『眠れるギター *La Guitare endormie*』(一九一九年)より四篇

詩集としての刊行は一九一九年十二月五日、ポール・ビロー印刷所より一一〇部発行された。本書の底本は修正前の一九一九年版。

『眠れるギター』は一九一九年版で「コントと詩」《Contes et poèmes》と副題に付されているように、三十二篇の詩作品と五篇のコント、さらにファン・グリスの四つの複製デッサンを含んだ複合的な詩集である。この詩集から六篇が『空の漂流物』に、二十六篇が『海の泡』に収められている。詩篇「ディレクシオン」《Direction》を除くすべての詩作品が『ほとんどの時間』に組み込まれている。ここに掲載されたコントのうち(「ただひとつの家」「私の一間」)は、一九二六年NRFより発行された『人間の肌・大衆小説 *La Peau de l'homme, roman popuaire*』(一九二六年)に再録されている。またコント「眠れるギター」は「見知らぬ人たち」《Les Hommes inconnus》と改題されて、もう一篇のコント「青い通行人」《Le Passant bleu》とともに一九三〇年NRFより発行された『危険と災難 *Risques et périls*』に再録された。残るコント「できたばかりのメダル」《Médaille neuve》は、フラマリオンから一九六八年に発行された全集第七巻の『人間の肌』に加えられる形で再録された。詩集のタイトル『眠れるギター』は、初版では巻頭に置かれたコントのタイトルであり、ファン・グリスの挿絵《ギターを持って座るアルルカン *Arlequin assis à la guitare*》と密接に関わるタイトルであった。このコントが抜かれてもそのまま詩集のタイトルとして使われ続けた。

「待ちながら」« En attendant »

修正が加えられ『海の泡』(四四–四五頁) 一九二五年六月九日に収録。

「予見されたパリ」« Paris prévu »

修正が加えられ『海の泡』(六八–六九頁) 一九二五年六月九日に収録。

「現在の精神」« Esprit présent »

修正が加えられ『海の泡』(七〇–七一頁) 一九二五年六月九日に収録。

「美しき西方」« Bel occident »

修正が加えられ『海の泡』(八八頁) 一九二五年六月九日に収録。

すべて詩集のための書き下ろし。

・『風の泉、一九一五–一九二九 *Sources du vent, 1915-1929*』(一九二九年) より四篇

詩集としての刊行は一九二九年の十月七日。この詩集はピカソの複製デッサン (ルヴェルディのポートレイト) を含んだ挿絵詩集として、モーリス・サッシュより一九二九年に一一六部発行された。また一九四六年には、トロワ・コリヌ出版よりロジェ・ブリエルの複製デッサンを含む挿絵詩集として二一四〇部発行されている。その後修正されるこ

となく後期作品集『手仕事 *Main d'oeuvre*』に収録される。本書は『手仕事』を踏襲した二〇一〇年の『全集II』を底本としている。

収録作品の多い詩集であるが、この詩集はすべてが書き下ろしではなく一九一六年から一九二八年まで様々な雑誌に掲載された詩作品をまとめ掲載したものである。例えば詩篇「空間」は、一九一八年第十五号雑誌「南北」に掲載された詩作品であるが、詩集『風の泉』では修正されて掲載されている。このように様々な時代の詩作品が寄せ集められている構成は、結果的にこの詩集から一貫したテーマとスタイルを奪い去っている。テーマについては「訳者解題」で述べることになるが、「イマージュ」をめぐる詩学的試み、亡き父や楽園の探求など様々なテーマがある。スタイルについては、紙面上に断片的詩句を置く配置へのこだわった詩があり、また詩の一部が前述の配置法で構成され、残りの部分は脚韻を持つ詩、さらに音綴と脚韻を持つ詩などがある。

「セントラル・ヒーティング」《Chauffage central》

初出は『六つの詩 *Six Poèmes*』一九一六年十一月二十六日。「六人のグループ」(アポリネール、サンドラルス、コクトー、ジャコブ、ルヴェルディ、サルモン)と題されたソワレのプログラムに挿入された詩作品。その後、修正されることなく一九二九年の詩集『風の泉』に収録される。

「より清らかな血」《Le sang plus clair》

初出「エクリ・ヌーボー *Les Écrits nouveaux*」誌十二号一九二二年十二月。

「さらに愛を」« Encore l'amour »
初出「カイエ・リーブル *Les Cahiers libres*」誌十七号一九二七年一－二月。
「いつも愛を」« Toujours l'amour »
初出「カイエ・リーブル」誌十七号一九二七年一－二月。

・『ガラスの水たまり *Flaques de verre*』より八篇

詩集としての刊行は一九二九年十月三日。詩集『風の泉』が発行された同じ年に、NRFより七五六部発行されたもう一冊の詩集である。後期作品集『手仕事』(一九四八年)には収録されなかった。本書ではフラマリオン社より一九七二年に刊行され二〇一〇年の『全集II』に再録されたテクストを底本としている。『ガラスの水たまり』は、一九一九年から一九二八年まで様々な雑誌に掲載された作品と書き下ろしを集め編まれたものである。この詩集は、一九七二年にフラマリオンより改めて発行されるまで、どのアンソロジーにも載ることなく長らく日の目を見なかった。『風の泉』と同じく、『ガラスの水たまり』は時系列順の配置を全く考慮していない。この当時のルヴェルディは『空の漂流物』の「作者略歴」で「略歴紹介。――ピエール・ルヴェルディ、一八八九年九月十三日ナルボンヌに生まれる。旅行なし、冒険なし、経歴なし、だが多くのもめ事あり!」(次の文献より引用。Étienne-Alain Hubert, « Pierre Reverdy en 1919 : la découverte des « hommes inconnus » », dans *Circonstances de la poésie : Reverdy, Apollinaire, surréalisme*, Klincksieck, 2000, p. 129) と述べている。これは詩人自身の生と作品内容が照らし合わされ解釈されることについての拒絶感の表れであろう。晩年になると『手紙』などで、詩作品と自分自身の生との重なり合いについて表明することになるのではあるが。そのような時代の中でこの詩集には、とりわけこの詩集の巻頭を飾る詩篇「翼の先端」や「クロニック六――ロゾー・ドール *Chroniques 6: Le roseau d'or*」誌掲載の詩作品群では、彼自身の欲望、歓喜、挫折、諦念が強く刻まれていると思われる。この詩集とともに書き下ろされた詩篇「翼の先端」では、夢想的な状態、それを通り越して理想的な状態、そして挫折と受容れ、この一連の流れが描かれているようである。それはルヴェルディのキャリアの初期から一九二〇年代を振り返るような流れになっているようで興味深い作品である。自分の生を語ることを拒み続けてきた詩人は、彼自身が生きた激動の一九二〇年代を物語る詩集を日の目に晒すことを拒んでいたのかもしれない。この詩集が改めてフラマリオンから発行されるのは、詩人の死後十二年が経った時である。

「翼の先端」« Pointe de l'aile »
　詩集のための書き下ろし。
「自由の種」« Les graines de la liberté »
　初出「クロニック六――ロゾー・ドール」誌一九二八年七月二十日。
「愚かさの鞘」« Le fourreau de la bêtise »
　初出「クロニック六――ロゾー・ドール」誌一九二八年七月二十日。
「忘却の標石」« Les bornes de l'oubli »

初出は「クロニック六——ロゾー・ドール」誌一九二八年七月二十日。
「流れ星」« Étoile filante »
初出は「クロニック六——ロゾー・ドール」誌一九二八年七月二十日。
「すぐ近くのドア」« La porte à portée »
初出は「クロニック六——ロゾー・ドール」誌一九二八年七月二十日。
「魂の不滅なる白い砂漠」« Les blancs déserts de l'immortalité de l'âme »
初出は「クロニック六——ロゾー・ドール」誌一九二八年七月二十日。
「美で満ちた頭」« La tête pleine de beauté »
初出は「クロニック六——ロゾー・ドール」誌一九二八年七月二十日。

・『白い石 *Pierres blanches*』（一九三〇年）より一篇

詩集としての刊行は一九三〇年とされるが奥付に日付はない。その後修正されることなく後期作品集『手仕事』に収録される。本書は『手仕事』を踏襲した二〇一〇年の『全集II』を底本としている。『白い石』は、ジョー・ブスケの依頼によるマルク・シャガール作の複製デッサンを含んでアール・ジョルディより三〇〇部発行された。詩作品は、書き下ろされたもの、最近の雑誌に掲載されたもの（一九二八年の雑誌「カイエ・デュ・シュッド」など）、一九一五年から一九二〇年の詩作品を集めて出版計画のあった詩集『日向の積み藁 *La Meule de soleil*』によって構成されている。

「二つの星」 « deux étoiles »

詩集のための書き下ろし。

・『屑鉄 *Ferraille*』(一九三七年) より四篇

詩集としての刊行は一九三七年三月五日。その後修正されることなく後期作品集『手仕事』に収録される。本書は『手仕事』を踏襲した二〇一〇年の『全集II』を底本としている。『屑鉄』は、一九三七年にカイエ・デュ・ジュルナル・デ・ポエットより五五〇部発行される。この詩集に掲載された詩作品の多くは一九三〇年代の雑誌に掲載されたものから編まれている。一九三〇年の詩集『白い石』以降出版される詩集の数は減少してゆき、さらに新たに書かれる詩作品の数も極端に減っている。それに対してルヴェルディは手記という形式において筆を執る回数を増やしていった。七年ぶりに発刊されたこの詩集は、とりわけ三〇年代の作品においては、激しさとは距離を置き、回想、疑義、疲れ、諦念、辛さと僅かな喜びの静かな受容などから日常を浮かび上がらせている。

「水平線を飲む者」 « Les Buveurs d'horizon »

初出「トランジット *Transit*」誌一号一九二八年二月十七日。

「不意の心情」 « Le Cœur soudain »

初出は「トランジット」誌一号一九二八年二月十七日。

「秘められた内奥」« Fonds secrets »

初出は「オルブ *Orbes*」誌四号一九三五年夏。

「季節の翌日」« Lendemain de saison »

初出は「オルブ」誌四号一九三五年夏。

・「ギリシア旅行」«Voyage en Grèce»（一九三六年）一篇

この作品は、ルヴェルディが一九三六年八月から九月にかけてマルセイユとギリシアのアテネの間を周航する船によるクルーズ旅行に招待されたことをきっかけに生まれた。作品そのものは旅の記憶を作品として結実させたものではなく旅行以前に書かれていたようで、船内誌「ギリシア旅行 *Le Voyage en Grèce*」の一九三六年四月号に発表された。

詩人がこうした招待にあずかったのは、このクルーズ旅行を主宰するネプトス社が乗客の知的好奇心に応えることを一つの戦略としていたことによる。旅のクライマックスが国立美術館連合とルーヴル美術学院監修によるギリシアの考古学遺跡見物であるならば、船上での楽しみとして建築家のル・コルビュジエ、画家のパブロ・ピカソやジョルジュ・ブラックやアンリ・マティス、作家ではマルグリット・ユルスナールやジャック・プレヴェールやフランソワ・モーリヤックやレイモン・クノーらが寄稿する船内誌「ギリシア旅行」が提供されていた。こうした作家や芸術家のほとんどがこのクルーズ旅行の招待をうけていたのだった。乗客の一時の楽しみのためだけにある船内誌にこれほどの寄稿者を集めたのはギリシア生まれの批評家であり編集者でもあったテリヤッドである。ルヴェルディは晩年に画家とのコラボレーションによる四つの大型豪華本を世に出すが、そのうちの二つ、一九四八年の『死者たちの歌 *Le Chant des morts*』（ピカソとの共作）と一九五五年の『天井の太陽 *Au Soleil du plafond*』（ファン・グリスによる挿絵）はテリヤッドが編集を担当することになるだろう。

その後、この散文詩は他の作品にはない特別な扱いを受けることになる。一九四八年に後期作品集『手仕事』が出版されたとき、「ギリシア旅行」は一九二八年に出版された詩集『跳ねるボール *La Balle au bond*』に組み込まれる。もとより発表時代順に整理するような配慮の見られないのがルヴェルディではあるのだが、詩集の出版から八年後に発表された作品をあたかも詩集のなかに最初から存在したかのように付け加えるのはこれが唯一のケースである。こうしたことについて詩人がコメントすることはない。とはいえ、水平線に向かう船を眺めることでそこに乗船する自分を夢想し、そこから詩人の主観と観察可能な事物が入り交じったダイナミックな「風景」を創り出す、そうした後期ルヴェルディ詩学の一つの到達点としてこの作品を捉えることができるのではないだろうか。

「ギリシア旅行」« Voyage en Grèce »

初出「ギリシア旅行」誌四号一九三六年。その後『手仕事』一九四九年十月二十日発行の際、『跳ねる鞠』（初版本は一九二八年に刊行）の巻末に収録される。

・『流砂 *Sable mouvant*』一篇

詩人の存命中最後の作品となったこの長詩は、詩人の没後一九六六年にピカソのアクアチント版画を伴ってルイ・ブロデール社から豪華本として出版された。したがって一つの詩でありながら一冊の書物でもある。原稿そのものは詩人の死の前年一九五九年に出版社に送られており、ルネ・シャール、ジャック・デュパン、アンドレ・デュ・ブーシェの三人の詩人のテクストに画家ジャック・ヴィヨンの挿絵が入った豪華版アンソロジーに収録される予定であった。こうした計画自体が流産してしまい、ルイ・ブロデール社はルヴェルディのこのテクストだけをピカソのアクアチント版画を添えた書物にしたというのが出版の経緯である。ただしこの一九六六年版は詩人の意図を忠実に反映したものではないことが全集の編纂者であるエティエンヌ・アラン・ユベールの調査で判明している。詩人の手許に残されていた作品の清書がジャック・ドゥーセ図書館に所蔵されており、そこにはタイプ打ちのための行分けや余白や行頭の大文字について詳細な指示が書き込まれている。そうした指示を踏まえてあらためて本文の確定がなされている『全集II』のテクストを本書では底本としている。

「流砂」« Sable mouvant »

初出『流砂』ルイ・ブロデール社、一九六六年。テクスト確定は『全集II』。

II　詩論

イマージュ

イマージュは精神の純粋な創造物である。

それは比較から生まれることはなく、程度の差はあれ距離のある二つの現実が近づけられることから生まれる。

かように近づけられた二つの現実のとりむすぶ諸関係が遠ざかっていながらも的確なものであればあるほど、イマージュはより多くの感動を呼ぶ力と詩的現実をもたらすだろう。

二つの現実がまったく関係をもたないときには有用なかたちで近づけられることはない。

イマージュの創造はおこらない。

対局にある二つの現実は近づけられない。それらは対立する。

かような対立からなんらかの力を得ることはめったにない。

一つのイマージュは唐突であったり現実にありえなかったりするから力強いのではなく、

発想の組み合わせが距離をもちながらも的確であるから力強いのだ。

得られた成果がただちに組み合わせの的確さを統御する。

アナロジーは創造の一つの手法である。それは諸関係の類似性だ。それらの関係がどのような性質であるかによって創造されたイマージュの力強さかまたは弱々しさが決まるのだから。

大いなるものなのはイマージュではない。イマージュが引き起こす情動がそうなるのだ。もしその情動が大いなるものであれば、イマージュは相応に評価されることになるだろう。

このようにして引き起こされた情動は詩的な意味で純粋である。あらゆる模倣、あらゆる喚起、あらゆる比較の外で生まれたのだから。

ある新しい事物を目の当たりにするあの驚きと喜びがあるのだ。

二つの不釣り合いな現実を（つねに弱々しく）比較させてもイマージュを創造できない。

それに対して力強くも精神にとって新しく感じられる一つのイマージュは二つの離れた現実を比較せずに近づけることで創造され、精神だけがそこにある諸関係を摑む。

精神は創造されたひとつのイマージュをしかと摑み他の何かと混ぜ合わせたりせず享受せねばならぬのだ。

＊＊＊

イマージュの創造はしたがって一つの強力な詩的手法であり、おどろくまでもないことだが創造の詩学においてそのような手法が重要な役割を果たしている。

そうした創造の詩学が純粋であり続けるために必要とするのはすべての手法がある詩的現実を創造するために協力することだ。

そこで直接的観察に用いられる手法のあれこれを介入させることはできない。調和を乱し全体を破壊させることにしかならないからだ。それらの手法には源泉が他のところにあり他の目的に向かう。

異なった複数の美学的手法は一つの作品のなかで協力し合うことができない。

手法の純粋さのみが作品の純粋さをもたらす。

美学の純粋さはそこから生じるのだ。

抒情

またひとつ語義を変えなければならない単語がある。それは死に絶えそうなほどにすり切れ、いまや消えかけており、その摩耗した様のひどさたるや私たちの指のあいだで溶けてしまったかのような古びた硬貨のかずかずを思わせる。そうした硬貨にはもはやしっかりとしたザラつきはなくなり、滑るばかりで手に持ってはいられないのではないかと危惧をおぼえるほどだ。

私はまだ詩を歌うことができるとは思わない。私はそれで感動させたいとかつては願うことができたような抒情を信じていない。空虚な管から湧き出る風がもたらす慰撫も、声の効果がもたらす唸るような響きも信じない。

髪を振り乱して狂乱するような高揚や、締め付けられた胸から湧き出たかのような朗唱も、もはやあり得ないと私は思う。偉大な俳優たちが貧しい詩句を無益にも膨らまそうと自らに課す労苦そのものではないか。そして一人の読み手の、または一人の聴き手の魂を大気の流れのなかに連れ去ろうなどと正気で取り組むことなどできないと私は思う。それよりもむしろ、もっとも感じやすい点において魂にたった一回触れること、それが受け手の心を動かしうるのだ。その衝撃は当初あるかないかの程度にしか感じられないが、しかしそこから情動が広がっていき、かさを増し、輝きを放ちはじめるかもしくは感受性のすべてを征服することになろう。それも突然に。

抒情という言葉をとおして私が言いたいのは、芸術においてかような情動を引き起こすことのできる何かである。二つのよく組み合わせられた単語がその何かを湧き出でさせるだろう。いまだかつて見聞きしたことのないイマージュとして。その何かは美しい文章のなかにあり、意味作用の神秘と文を構成する言葉の質がその文章自体を私たちの発想の流れの上に宙づりにする。その何かは作者が自分自身よりも高いところで一つの啓示を得ると、その度に現れる。しかし、わたしたちの時代にとって何らかの抒情が必要かどうかを気にかけるようなことがあるのだろうか。私としてはいくつかの芸術はすぐに廃れてしまうように思われる。しかしながら、近年新しい領域で自らの道を見いだした詩人たちには、自在さにあふれ生硬さのすくない表現の広がりを見ることができ、彼らの作品をより好感の持てるものにしている。季節は進んでいくので、果実がすこし熟してくるように見えるのは、それを味わうものとしては十分に自然なことだ。この成熟が長きにわたって傷まなければよいのだが。

詩

詩はただの精神の遊戯ではない。詩人が書くのは自分が楽しむためでもなければ何らかの観客を楽しませるためでもない。詩人を不安にさせるのは彼の魂であり、すべての障害物をこえて魂を感知できる外部世界へと結びつけている関係性だ。

詩人を創造へと駆り立てるもの、それは自らをよりよく知りたい、自らの内的な力を絶えず計りたいという欲望であり、彼の頭と胸にあまりにも重くのしかかるあの塊を自分の眼前にさらけ出したいという暗い欲求だ。というのも、詩は、表面的に最も平静を装ったものであれ、魂の真のドラマであり、その深みでおこる悲壮な行動なのだ。詩人は一人の潜水夫である。彼の意識のもっとも内密な深みに至高の素材を求め、それを彼の手が明るみまでもたらすときに結晶化するのだ。

それぞれの詩は魂がなす一つの動きの終着点であり、定義できないイマージュの一面であり、その無数の側面の一つを写真にしたものだ。

書くことで、詩人は自らの内面、まさに知ることがあれほどに困難な内面の統御を保つ。しかし詩人はまたすべて外部に現れ出ることの、事物と存在のすべての動きの理想的な集積容器でもある。ただし、知覚可能なすべての現象から詩人は厳密に本質現実《レエル》にかかわるものを選択する。

ここで了解されるべきは、時間がもたらしたり取り去ったりしないつつましくも奥深く変わらずあるようなあらゆる事物のことであり、人間として存在することが自身にとって必要不可欠であるのと同じ程度で人間にとって本質的な事物のことだ（雲とテーブルは太陽や雨や影のように現実である。ところがある服の個別の形は非現実的であり、詩においてよく使われるようにどこかで読んだことを無意識に借用するのも非現実のうちにとどまる）。存在するものは生を営むが、そのうちある部分全体が非現実的なのだ。

詩人は本質的に現実の領域を切望する、すなわち崇高な次元を、明白であり神秘的な創造を切望する人間である。

詩にとっての現実とは詩人の魂が本質現実《レエル》をこうして切望する際におこる作用のことになるだろう。書かれた詩は、つまるところ、あらゆる事物を結びつけているもっとも遠ざかった関係についての鋭い感覚が直感から生じる偉大な力と連携して飛翔となりそれだけが作用している、そのような次元にある絶対的な現実をかくも切望した結果でしかないものだ。

それゆえに、詩人は書きながら自分自身以外のことについてはほとんど頓着しないし、いかなる聴衆のことも、いかなる読者のことも念頭には置かない。彼の詩作品の見かけ上の難解さはそこからきている。

それぞれの作品は閉じられた部屋であり、ぶしつけな訪問者が最初に着いたからといって入れるわけではない。部屋に入る前に自らのランプを灯す手間をかけなければならない。ここでランプの役割を果たすのが読者の精神である。このランプであるが、知性と詩的感覚だけが灯りを保つための燃料となり得る。

というのも、他の分野にましてこの分野では、愛し理解するとは、等しくあるということなのだから。

詩と呼ばれるこの情動

名前を引用できるほどにはっきりと思い出せないのですが、ある高名な外科医だか医者が言うには、自分の手術メスの先端で魂と遭遇したことなどないのだそうです。

肝臓が胆汁を分泌するように脳が思考を分泌すると主張していたのも同じ医者だったのでしょうか。それはともかくもここには二つの主張があって、一つ目のものは反駁できない真理を明らかにしており、そこから由来するもう一つの同じぐらい反駁できない真理があります。すなわち、魂とは手術メスの先端によって捕捉されないという性質を持ったあれらの事物たちの一つなのではないか、ということです。ここにすべてがあるのです。他にも多くのことがらが魂の属性やその表れだとずっと以前から考えられてきましたし、いかなる外科医もあえてその存在を否定はしませんでした。思考とか、たとえば、知性とか、記憶とか、そういったことです。そして、さらには人格についても、私が知る限り、本当はそれが何によって構成されているのか、それを定義するに至るまでの道のりは生易しいものではありませんでした。しかしながら、重大な事故、病気による体力の低下、精神異常などを考慮の外におけば、それぞれの人は抑えがたいほどにはっきりとした感覚で自らの人格を認識しているため、他者の人格に相応の場を譲るには継続的に意識しなければならないほどなのです。すべての人が経験するように、ひとりひとりの人間は子供の頃から自分を世界の中心と捉える傾向がありますので、自分の周囲には曖昧模糊でことのほか邪魔に感じられる二義的な現象しか見ないのですし、そこから自分の生存にとって有用な何かを得ようと一生をとおして苦心していくことになりましょう。この感覚を失うなどという厄介な冒険は災いそのものであります。生きているあいだずっと人間は交代交代で猛獣になったり餌食になったりすることを強いられるのですから、どちらか片方だけであり続けたりしようものならこの協調関係から排除されるしかありますまい。ところが、ある日ふと思いつき、こんなに強く自らを支えたり要求を突きつけてきたりするこの人格とやらを構成しているのは何なのだろうかと細かなところまで探求してみると、すぐに気が付くのです。まさしくこれが本質的なものだ、などと言えるような何かは残っていない、精神のなかにも、指の先にも、さらには手術メスの先端であっても残っていない、と。もちろんのこと、すぐにお分かりいただけるでしょうが、人間にとって鏡に映る自分の顔や身体ほど簡単に認識できるものは他にはありませんし、顔や身体が崩れていくのはそれほどにゆっくりとしています。それにしたって、重篤な病や事故があればあっという間に自分とは思えないものとなってしまうのですが。さらには、こうした身体的な外見があんなに見事に知られたり認識されたりする、それが私たちには人格があるのだと深いところで感じさせてくれている、それはそれで事実であるとして、ではどのような特徴が比較にならないほどはっきりした印となって、私たちが好むと好まざるとにかかわらず「同類」と呼ぶ人たちと区別してくれるのでありましょうか。私たちには三つの目があるわけでも、二つの口があるわけでも、二つの鼻があるわけでもないのです。とはいえ、ひどく特異な容貌の方々がいらっしゃると仰るかもしれない。その通りです。しかし、その人たちも自らの不幸な特殊性にはそこまでは満足しておらず、彼らを区別している身体的な奇形をとおして持つことのできたはずだった自らの個別性についての鋭い感覚は内側から支えられるどころか、他のすべての部分ではむしろ逆にもっと他の「同類」の人たちと同じように見られたいと願うようになるのです。ところが、心のうちではまったく事情が異なります。個々人が、もっとも凡庸な人であっても、自らを特別な存在だと思ったり、あるいはそうなるよう努力したり自慢に思ったりする傾向がありますし、そうではないときは群衆のなかで居場所がなく孤立していると苦しんだりしがちです。多様であるのと同じくらいに画一的でもあるのが人の群れなのですから。ここでは、限定された責任しか負わないまま集中的に身につけた逆説という教養によって魔法のように成功を勝ち得ていく、あの臆病でいながら虚偽に満ちた狡猾な人たちのことは脇においておきましょう。そうではなく、良心をもって自分自身についての探求にいそしむ誰かがいると想定しましょう。その人は自分自身について少しは知っています。すくなくともそのように考えています。そして自分の性格にそなわった特徴について、自分自身固有のものだとそれまで考えていたものを他の多くの人たちのなかにも見いだして一つずつ退けている最中なのです。追跡は終わることがありません。どれほどの数の人を観察の対象とするのかといったことが問題なのではなく、そのひとりひとりについて、わずかな細部でも、形容しがたいようなニュアンスでも取りだしていくことこそが大切です。すると彼が部分的であっても変わらず他者のうちに認めることになるのは、ただの一瞬であったとしてもまがうことなく彼の存在に固有のものだと思っていたあの特徴なのです。それが、精神の領域であっても、感情にかかわることであっても、知性の分野であっても、性格でも記憶でも同じことです。ましてや、本能にかかわる領域やさらには人間よりも動物のほうに親和するような事柄においては、なおのことそうであります。彼は無数の人間のただなかでひとりの人間としてあるのです。恐ろしいほどに似ていながらもまるで似ていない、共通しているところがありながら特殊で、唯一であり他に同じ者などいない人間として。たしかに、人間は自分自身の死刑執行人でもありますので、登録番号という悪魔的で恥ずべき魔術によってずいぶん前からテーブルの上に置かれた二枚の紙幣のように自らを交換可能にしてきたのではあるのですけれど。以上が人間についてです。それでは、人間たちのあいだで、詩人について、そのカテゴリーをあらわす存在について話を進めようではありませんか。

＊＊＊

ここから私はこの言葉を古代人がそうしてきたように広い意味で用いることにします。つまり、詩句を作り出す人という意味ではなく――私たちにとってそんな人はもういなくなりました――そうでなくてこの言葉が指しているのは創造する野心を持つ芸術家のことであり、自身固有の手段で生みだした美学的な作品によって、自然の事物がそこにあるだけでは人間のうちに引き起こし得ないある独特の情動を創りだしたいと意図する芸術家のことです。実際に、もし様々な自然のスペクタクルがこうした情動をみなさまにもたらすのでしたら、みなさんは美術館にも、コンサートにも、劇場にだって行きはしないでしょうし、本を読んだりもしないはずです。みなさまは今いる場所で、あるがままに、生活の場や自然のなかにとどまっているはずではありませんか。みなさまが探し求めているのは、劇場であっても、美術館であっても、コンサート会場でも、書物のうちであっても、そこでしか見いだすことのできない情動です。あの心地よかったり苦しかったりする無数の情動、生きることそのものがみなさまに分け与えるあれらの情動のうちの一つではないのです。芸術だけがみなさまにもたらしてくれる情動なのです。

この点について確認しておきたいことがあります。自然のなかにある美しさ、すなわちある自然のスペクタクルのうちに感嘆をもって私たちが味わうあの美しさとは人間が創りだしたものなのです。自然は美しくなければ醜くもありませんし、悲しくなければ愉快でもありません――それは私たちが間接的にそこにはめ込んだものであります。あれやこれやの景色を眺めながらに愉快であったり悲しかったりするのは私たちのほうではありませんか。せいぜいのところ、ある風景が悲哀を感じさせるかそうでないかぐらいは言えるかもしれません。それにしたところで、私たちのうちに培われてきた「美」の感覚が、私たちの眼前に広がったある風景に同調したりしなかったりしているのです。自然が芸術を模倣するという見事に逆接の効いた言われ方がされたときがありまして、たいへん善良な精神をもった人々が検討なしに受け入れたりもしたものですが、それは真なることに至るため偽なることをあえて立てなければならなかったからなのです。真なることとは何でしょうか。私たちがこれほどまで自然に感嘆する、よろしいでしょう、それは芸術が人間によって地上にもたらされて以来ずっと感嘆すべき何かを私たちに伝えてくれており、私たちはその何かを自然のなかに再発見するからなのであります。あまりにも忘れられていることですが、この地上には自然の美にまるで無関心なまま生きる無数の人がいて、もっとも自然の近くで生きてもっとも自然をよく知る人たちがとりわけそうなのです。なぜなら、その人たちは自然と取っ組み合った状態で格闘しているわけであって、あれらの自然の美しさを見い出し認識する感覚を目覚めさせてくれたかもしれない芸術の教えを受けていないからなのです。彼らにとって自然の美はいまだに生まれておらず、おそらくこれからも生まれることはないのでしょう。それでは、自らのうちに美が生まれ唯一の関心事となってしまうほどの人間、つまり詩人の話に移りましょう。

＊＊＊

芸術家がその技と職を自然のなかで学ぶなどと信じている人は今や誰もいません。よく言われてきたように、自然が一つの辞書であることは認めるとして、人は辞書のなかで表現することを学ぶわけではないのです。芸術家と自然の対立はだいぶ後になって、成熟してから、彼が技に習熟することでつかの間の休息が得られるようになってからしか起こりません。最初はできるだけ早く、より的確なところから始めるのが肝心なのです——それは様々な学びの場であったり、遙か昔でも最近のものでも過去の作品とのあいだに排他的で貪欲な関係を持ったりすることだったりします。まずは巨匠たちの作品によってこそ若い画家たちの心が揺るがされ、年長の詩人たちの作品によってこそ未来の大詩人たちは突き動かされ一生にわたる傷を受けることになります。そして、私たちはそのような先達の作品を握りしめて、もう二度と手放さないよう心がけるのです。

友人たちや書物に出会う十五歳から二十歳にくらいの少年がここにいるとしましょう。

友人たちをとおして彼は人間としての修行を始め、書物をとおして世界にはある神秘が存在することを知ることになります。あの奇妙な力が言葉たちから生まれるのです。もし、自分の人生に、または自分が愛する人たちの人生に実際に起きてしまったらどうしようもなく悲しくなってしまうような何かを語る言葉たち、なのに書物のなかで読むと、なんとも言えないよろこびをもたらしてくれる何かを語る言葉たち。実際の人生でまず出会うことなど決してない嘘みたいな何か、信じられないような何かを語る言葉たち。それでいて人生で身をもって知るどんなことよりも強く確実な力で自分の内奥を撃つ何かを語る言葉たちから、あの奇妙な力が生まれてくるのです。それらの言葉たちによって彼に啓示されることがあります。人生の出来事の尺度とは明白な関係を持たない場所が彼のなかのどこかにあって、その秘められた場所は彼がもっとも彼自身となれる場所であるに違いない、と。

　しかし、彼は詩人であり、ゆえに創造者であります。彼は読むことでは満足できません。書かなければならないのです。つまるところ、彼は芸術を享受することで満足できないし、それは彼にとって十分ではないのです。彼は芸術のために労苦を忍ばねばならず、生きるにあたってはどんなものであれ何かをよく知ろうとすればば受け入れなければならないことですが、芸術を深く知るためにもまた苦しまなければなりません。そしてさらには、彼が強度をもって感じるこの情動、彼自身で詩作品を読み始めたころに最初に強度をもって感じたこの情動、それを今度は彼が他者に強度をもって感じさせなければなりません。それが彼の役割であり任務であり、それ以後はもっとも明確な生存理由となっていきます。もちろん、すぐさまに困難は積み重なっていくでしょう。読書ではあんなに彼を魅了したあの魔術が、我を忘れさせたあの恍惚が、あの心のふるえが、書く段となるとまるで役に立たないのです。絶望してなぜだと自問しながらこのように総括してみせることもできるでしょう。今や彼は言葉の魔術的な支配のもとにない。つまり、言葉は彼の思うままとなり、言葉を用いるのは彼自身。言葉はそこにある、石ころの山のように。つまり言葉を相手に彼は格闘している。そして言葉とは万人のもの。読書の際に彼が言葉に思いをめぐらさなかったなどという事態はどこから生じるのでありましょう。いやはや、言葉とは結局のところ思考や感情を表現するためにしかそこにないのですから、要するに言葉はそれ自体では重きをなさないのでしょう。

それならむしろそうした思考や感情の方を見ればよいのでは。

――などと考えるのはさらに事態を悪化させるのです。あれらの思考やあれらの感情、そんなものは、と彼は直ちに気づくのですが、さらに万人共通のものです。それでいて、万人共通のあれらの言葉、あれらの感情によって、ある日彼は世界でもっとも偉大な新しさがそこにあらわれたかのように心を動かされたのです。それは、あの有名な「すべては語られ、人はあまりにも遅れてきた」というラ・ブリュイエールの箴言があれほどまでの謙虚さと単純さをもって初めて語られたのがたった二百五十年前でしかないからなのです。また、生きるため自らを表現することが人間にとって必要であるかぎり、いかなることも決定的に語られることなどけっしてないはずだからなのです。

＊＊＊

そして詩人は書きます。彼はまず自分自身に自らを明らかにするために書き、彼に何が可能なのか知るために書き、彼の愛する作品たちから抑えがたいノスタルジーを感じたあの夢のような領域にいつの日か近づいていく、そんな冒険を企てるために書くのです。本当の意味で先人の作品が彼に痕跡を残したのであれば、以下のことを感じとって理解するのにそれほどの時間はかからないでしょう。すなわち、より未知な何かを、彼のうちでより秘められ隠され判別が難しく、二つとない何かを明らかにできるようになることこそが大切なのです。そして彼が道を誤らなければやがてもっとも単純なことに至ることになるはずです。つまり、彼自身のもっとも内奥な人格を表現するために語るべきは何なのかという問いがとりわけ重要なのですが、すくなくとも同じくらい重要なのは、それをどのような方法で語るのかという問いなのです。実際、とんでもなく奇妙なことに思われるかもしれませんが、とても単純で平凡な一つのことを語るそのための独特の方法こそが、他者のうちでもっとも秘められ、もっとも隠され、もっとも内奥なところへと語られたことをもたらし衝撃を生み出すことになるのです。それはなぜでしょうか。詩的な衝撃は思考の衝撃と同じ性質のものではないからなのです。知らなかったことを私たちに外部から教示したりもたらしたりする思考の衝撃とは違って、詩的な衝撃とはある何かが啓示されること、すなわち私たち自身にたいして明らかにし語るための最良の表現が欠けているだけで私たちが漠然としたままに内に抱え込んではいるといったような何か、その何かが啓示されることだからです。詩人によって与えられたこの完全な表現を私たちは採用し、自分自身のものとして取り入れ、それから後は詩人の表現と一体となった私たち固有の感情の表現となっていくのです。

一つ例をとってみましょう。わざと崇高さからは外れたところから、もっとも平凡でもっとも慎みに欠けて下品ですらあるものから一つ例を選びましょう。ランボーは「盗まれた心」を以下の二行で始めたのですが、そこには感情や詩的主題などとされうるものは何もありません。

私の悲しい心（心臓）は船尾で涎を垂らす
安タバコでむかついた私の心（心臓）

ランボー自身ですらこの二行が例として選ばれることに驚くでしょうが、しかしながら、ここに私が先ほどから述べていることの証拠があると思われるのです。そこには、特別なことはなにもなく、洗練されたものもなく、高貴なものもなく、ただ誰しもが経験したような気分の悪さの表現があるのみです。つまり、まだ少年なのにタバコを吸い過ぎたときや、荒天の日に船に乗ったとき感じたことがあるような、はっきりこれだと言い切るのが難しい気分の悪さが表現されています。それでいて、人間が人間となったときから、ラ・

ブリュイエールが考えるよりずっと以前から、この地上で代わる代わる登場してきた何百億何千億という人間のなかで、つまり無数の人間のなかで、たったひとりだけが、このような単純さと力と幸運をもってしてこれほどに下品なことがらを一つ表現できたのであり、それがランボーなのであります。私たちの心臓、この臓器よりも貴重なものなどありましょうか。では、こんな情景を想像してみていただきたい。数人の人が同じ一つのたらいのまわりに集まっています。彼らはかくも貴重な心臓を不用心にもそこに落としてしまったのですが、なんらかの魔法がかかって生きたままでいられるので、ひとりひとりがすぐさまにも自分の心臓を見分けだして早くその場を立ちさろうとしている、そんな情景です。ところが、それが無理なのです。すべて同じ重さで、同じ形をとり、同じ外観を呈していて――肉でできた心臓がいくつかあって、人間の心臓がいくつかあるだけで――さきほど例に出したテーブルの上の二枚の紙幣のようにまったくもって相互に交換可能なのですから。しかし、その共通したところばかりの心臓のただなかで、語り始めるものが一つあるのです。私の悲しい心臓は船尾で涎を垂らす……と

失礼、とランボーだったらこういうでしょう、こいつは僕のだ、と。詩人の心臓から残るものとは、それについて彼自身が語ったことなのですから。

＊＊＊

これで形式と内容についてはお話ししたことになります。内容とは、すなわち、自身の人格のなかでもっとも特殊なものをある形式をもって他者に伝達する必要を覚えるときに、作者がその形式を支えるために用いる実質なのです。そしてそのように表現された人格こそがもっとも心動かす衝撃のうちにあれほどまでに奥深いところで他者の琴線に触れるのです。そこでこそもっとも高次でもっとも特徴的な意味での人間的な交感がとりおこなわれます。本質的に人間固有のもの、それは外部の事物ではなく人間そのものです。そして交感が間違いなく成立するためには、事物一般をめぐって程度の差はあれ近似的でしかない合意を目指すのではなく、人間そのものに入り込まなければなりません。誤解の余地なく入り込むためには、それが滅多なことでは起こらないのを覚悟のうえで、思考し感じる際の自らの形を手段として人間のなかに入り込み、その形に象られた事物をそこにもたらさなければならないのです。もしそうしてその形に象られた事物が人間のなかに入ってしまえば、いつまでもそこにいることになるでしょう。いつまでも、であります。かような事物は他者のうちで住まうに必要な場所を見つけてしまうでしょうから。

また、このことが示しているのは、芸術において重要なのは事物そのものではなく、事物がかたどられる方法であるということです。あるがままの事物それ自体はとくに注意を払ったりせず自然からとってくるより他にやりようがありません。それは生存するために芸術をまったく必要としないすべての人々、一般的に考えられているよりもずっと多くの人たちがしていることであり、それ以上のものではないのです。

＊＊＊

ところで、原文を持っていないので記憶に頼るしかなく、たしかもっとよい表現だったと思うのですが、とにかくもボードレールが言っていたことがあります。「芸術」における「美」を、不幸なものや病的なものや苦しむことなどを思わずして自らのうちに思い描くことはない、と。これは私が考えていることとまったく違います。まったく反対に、私が考える芸術の目的、芸術の役割とは、人間を悲惨と苦しみと悲しみのうちにさらに沈め込むことではなくて、そこから解放すること、脱出のための鍵をもたらすことです。そして、その鍵とは、重苦しいほどに日常的な現実の次元から、生きて呼吸するために芸術家自身がそこにはい上がっていった自由で美学的な次元へと人間を持ちあげることによってもたらされるのです。

しかしながら、芸術作品は自らの原理としてつねに幸福を思って成立していないのも事実です。芸術作品とは自然が作りなす業に対する一種の反乱です。それは芸術家が自然で満ち足りたりはしないことの証明なのです。もし芸術家が自然を受け入れてしまったのであれば、自然とすれば芸術家が瞑想に耽る欲求を覚えたときにその欲求を満たしてやれば済むはずではありませんか。しかし、芸術家は自然を模倣すると主張する時ですら自然を否定し批判し修正しています。芸術家が彼の作品において「美」に到達するのだと主張するのは、自然の「美」が彼に十全な満足をもたらさないからなのです。つまりは、彼は自然の美を不完全なものと考えているし、そもそもどのような現れ方をしようが人間の関心はつねに完璧さに到達することにあったのです。ここでいう完璧さは、自然の事物のうちでつねに出会えるとは限らないので精神が悲嘆にくれてしまうような完璧さから徐々に分離していったものです。自然の事物が創造されるにあたってなんら介入の余地がないのにたいして、精神は自由に着想した作品に励むことはできるわけですから。要するに、芸術はただ人間的な、あえて人間的な活動へと徐々に変わっていきました。つまり、運命的なものや神の意思に委ねるほかないものから解放されていったのです。まさしく、詩人とはなによりも自然が十分に満足させるにいたらない者のことです。それは一匹の怪獣であり、羽があまりに広がるために歩行がままならない長距離を飛ぶ鳥なのです。

　空間のうちで前人未踏の高みと距離を継続的に切望し、心と魂のうちに無限の感覚を宿しながらこうも頻繁に地上を這い回らざるを得なくなる、そのことをどうやって詩人が喜びをもって受け入れられるというのでしょう。というのも、詩人にとっての悲劇は、誰よりも本質現実《レエル》と一体になりたいと——完全にそうなりたいと——本人自身は希求しながら、彼の感受性があまりに過剰なので、実際には他の人たちのように本質現実《レエル》に——限定された範囲で——適応したり満足することは禁じられ、本質現実《レエル》が提供する便宜のもっともささやかなものを取り出し享受することも禁じられている、まさしくそこにあるからなのです。生きることを味わいたいという意思が詩人に欠けているのではありません。ことはその正反対でありまして、詩人を縛り付けているのは、その味わいたいという意思を過剰に持つことなのです。したがって、詩人の社会的状況がどうあれ、彼があれやこれやの限界にぶつかって傷つくことは避けがたいのです。もっとも広大な世界ですら息苦しいものにしてしまうこうしたかずかずの限界を詩人は自分の作品のなかにも再発見し、彼の性質や性格の求めに従うと、自分の作品に満足しきってしまうことは禁じられてしまいます。

それはつまり、私が先ほど述べた通り、肝要なのは詩人が何を白日のもとに晒して自らを表現し、自らが何者であるのかを自分自身にそして他者たちに明らかにし、ついにはその人たちのところに到達するのか、なのです。これら他者たちの存在がなければ詩人とて黙っているしかありますまい。人は自分のために書くのではありません。書くことがまずは啓示に至る手段であるとして、それはまたコミュニケーションの手段でもあるのです。しかし、詩人はコミュニケーションの種類をはっきりさせなければなりません。つまり、詩人は自身について何を伝えようとするのか、他者のうちの何に到達しようとするのかをはっきりさせなければなりません。楽しませるのが肝要なのでしょうか。そんなことではまったくないのです。心を動かすことこそが肝要なのです。まさにそれは岩から泉を湧出させることなのです。

＊＊＊

そこにあるのは常軌を逸して過剰な本質現実《レエル》への愛ですが、詩人はそれにより蝕まれもします。いくら探求したところで本質現実《レエル》はいつも逃れ去ってしまい、詩人は疲れ切ってしまうのですから。それでも詩人は願うのです。糧として提供する作品をとおしてその愛を人間存在のうちに再発見したいと。それはこの作品がどのような糸で紡がれているかを物語ってもいます。真に愛する人々を探しにいくことがあってもただ娯楽としてそうするなどという話を一度でも耳にしたことがおありでしょうか。愛とは一つの娯楽の方法なのでしょうか。そうではなく、他者のうちにあってさらにあなたはあなた自身となり、他者はあなたのなかでさらになおその人自身となっていくための方法ではありませんか。そうであるなら、詩人が与えようと試みているのは、もちろんのこと、彼自身のうちでもっとも愛されるにふさわしいと判断する何かです。当然ながら、彼自身でそんなにたいした評価を与えることができない生のままでありふれた人間としてなどではなく、彼の諸能力のうちでより希有な何かであり、並はずれたものであると感じる何かであり、この秘められた何か、この内奥にある何かであり、私がさきほど述べたようにかくも独自であり、そしてさらに言うなればかくも未知なる何かなのです。詩人自身が持ち得ていると確証をもって知ることができないような何かでありながら、どこか漠然と自分がそれで出来ていると感じもするので、それを自分が持ち得ていることを自分自身に証し立てるためには書くこと以外に手段がない、そのような何かなのです。それでも、私が先ほど述べたように、詩人が抱くあれやこれやの感情は万人共通のものであるとはいえ、詩人は万人のものではないと感じる彼自身についての何かを与えたいとあんなにも切望しています。それが「語り得ないもの」という表現を使って私が言いたいことであり、それでもなお語られなければならないことなのです。いやはや、結局のところ語られてしまったことがらには本当に語り得ないことなどありません。「語り得ないもの」と申しましたが、そこに当てはめるべきは事物が語られる方法なのであります。あれらの事物を語る方法こそがそれらの事物をまったく未知なものとするのです。未知なものでありながら単純で、驚きをもたらすものでありながら奇異な感じがほとんどしない——あっという間に親密で離れがたいものとなる。事物をこのように変える方法こそが詩的衝撃のうちに魂と魂を溶接するのです。そのとき、詩人は彼のうちでより貴重な何かを与えるので、読者はそれを自身のより独自でより内奥にある何かのうちに、そして高められた何かのうちに受け取ることになるでしょう。かくして、曲芸のような表現をお許しいただけるならば、唯一なるものと唯一なるものがその差異の源泉において合流するのです。

＊＊＊

そうして、詩人は苦悩のなかで自分自身のうちに見いだそうとしていたこの未知なるものを認識可能なところまで導きましたから、他者に判断されたり批評されたりといったことができるようになります。認識可能なものになったからといって、未知なる何かというその出自からくる効力を失うことはありません。未知なる何かはいつか他者のうちで未知なる何かが潜む場に到達します。ひとりひとりのうちにそうした場はあるのですから。そこで対の極を見いだして、衝撃が起こり、火花が生じるでしょう。まさしく、この衝撃、この火花こそ人間にかかわるところでは情動と呼ばれるものです。間違えてはいけないのが、先ほど述べたように、生きられた現実において程度の差はあれ悲劇的な出来事がもたらす、これまた程度の差はあれ深かったり表層的だったりするようなあの情動のことではなくて、全く別次元の情動のことなのです。表面的にはたいしたものとは思えない情動ですが、しかし、そうした見かけとは裏腹にそうはならないはずです。なぜなら、この情動は感受性の回路だけで解消してしまうようなあれらの情動よりも多くの場合ずっと長続きするものであるし、しばしばそれを一度感じた人間の命と同じだけ続いていくのですから。美学的な次元での情動であり、それは無限に更新されていきます。なぜなら、それを受け取る人間の存在そのものに組み込まれていくからであり、受け取る人間自身の何かをそこに増し加えていくからです。語られたことによって引き起こされた情動ではあるのはたしかです。しかし、とりわけその情動は語られる方法によって引き起こされたものであり、それが語られるときの響きによって引き起こされるものでもあるのです。

なぜなら、この方法、この響きとは、語られたことが湧き出てきた泉の質と効用と深さをより明らかにするものなのですから。このようにして読者は、そうした方法や響きをとおして、作者がより真正な意味で個人的なことを、書かれたものを通してしか与えることができないような何かを自らのものとします。作者は自身固有の性質のうちに自分自身を知るのですが、もし書かなければ自らの本当の姿を知ることができなかったかのようでもあります。できあがった彼の作品は、最終的には彼の脇にいる分身のようなものであり、すくなくとも一つの部分、もっとも重要で、もっとも彼自身を明らかにするような部分です。その部分をとおして、もしうまくいくならば、他の人が彼自身についてもっとも現実的だと考えたがっているようなことがらはあっというまに消え去ってしまうとしても、彼は世界にずっと残り続けるのです。

しかし、奇跡がおこります。詩人が彼自身の悲惨さを語りながらみなさまをご自身の悲惨さから解放するという奇跡がおこるのです。それは詩人が自らの悲惨さを語るときの表現の効用をとおしてのみ起こることあり、みなさまも詩人なくしてはそのような表現の効用を見いだすことなどありえなかったのです。同じランボーが「繊細さのために／私は生涯をそこなったのだ（『もっとも高い塔の歌』）」と語るとき、みなさまに与えられているのは先ほど述べた解放の鍵のうちの一つなのです。ああ、私たちのうちで、どれほどの人が繊細であるがゆえに――自分のことしか考えない乱暴な輩がこんなにもいるのですから――他の人がもう見つけてあげられないような何かを失ってしまったことでしょうか。ところがこの軽やかな詩篇からこれらの短い二行を、これらの数語を抜き出してみると、どうでしょう、そうした人々の苦い認識は消えて、その重みが軽やかにされていくではありませんか。この苦い認識はもう彼らだけのものではありません。彼らはそれを分かち持つのです。語ることを知るこれらの選ばれた者たち、運命によって指名されてしまったかのようなあの人たち、鉛のように厭わしい重みをあれほど共感できる金の重みへと転化させたあの人たちのひとりとともに、自身の苦い認識を分かち持つのです。そのひとりのおかげで、みなさまを押しつぶさんばかりだったあの恐ろしい重さは、陶酔をもたらす飛翔の軽やかさに場を譲るのです。

そしてここで、私がみなさまにお話すべきもっとも重要なことはより核心にせまって厳しくなってきます。魂が手術メスの先端で切り取られるがままにならないのと少なくとも同じくらい定義されることを拒絶するこうした詩とは、いったい何なのでありましょうか。ああ、こんな問いを発するのは、近年のもっとも偉大な詩人たちが黙り込んだままでいるからではありません。それどころか、素晴らしい答えが花盛りとなっていることそのものが事態をややこしくしているのです。そうした答えのかずかずは立派なアンソロジーの豊かな材料にはなるかもしれませんが。

お分かりいただけますでしょうか。真の詩人とは詩を作ることでしか詩を証し立てることはできないと申し上げればよろしいでしょうか。ある種の威信をもたらしてくれるような手段がふんだんに割り当てられているわけではない私のような者は、違ったやりかたでその作業に取りかからなければならないのです。詩は美しさがそうであるようにすべてのうちにあって、そこに見いだすことができれば事足りると語られたことがあり繰り返されもしました。いやはや、違うのです。私はまったくそのように考えません。せいぜいのところ、逆に詩はどこにもないので、存続し続けるチャンスがもっとも多い場所に詩を据えることが肝要ではある、とは言えるかと思います。しかし、あるがままの現実はつねにこちらの意を汲んでくれるかのように人間の手の届くところにある訳ではありませんし、そんな現実をよりよく耐え忍ぶためには詩を生みださなければならない、かような必要性が認められさえすれば、詩は標的に至るためにあれやこれやの特別な媒介手段を必要としません。他の言葉よりも詩的な言葉などありはしないのです。日没や見事な朝焼けよりも単語のなかにより詩が多くあるのでもなければ、よろこびよりも悲しみにより詩が多くあるのでもないのです。日没でも朝焼けでもよろこびでも悲しみでも何でもよろしい、言葉がそれらを変化させたときに、人間の魂に到達した言葉はそれらのどれでもない何かになっていくのですが、詩はまさしくその何かのなかにこそあるのです。この錬金術的変質とでもいいましょうか、言葉の効用と配置された言葉どうしの相互反応によって引き起こされ事物にたいして操作されたこの錬金術的変質のなかにこそ、詩があるのです。そうして精神の内部と感受性の表面で反響していくのです。矢を飛ばすのは素材ではありません。鉄であるか木であるかは重要ではありません。そうではなく、矢の形があり、削って均整のとれた形にする方法があってこそ矢は目標に向かい突き刺さる。もちろん射手の力と技も同じくらい重要です。同様に、電気の流動のなかに光があるのではなく、二つの極のあいだでおこる電流の衝撃が電球のなかで統御されて火花が湧き出てくるのですが、そのなかにこそ光があるのです。詩の流動はおそらく自然のなかで、生のままの状態で、人間が地上に現れてからずっと存在していたのでありましょう。しかし、そこに電球がなかったのです。詩人たちこそが、暴力的な情動を蓄積していったこれら無謀な者どもこそが、そこに電球を入れたのです。生きていくために。受け容れがたいほどの重荷を厄介払いするために。

こうして、曖昧模糊と感じられたり心に浮かんだりする生のままの情動が、その人間的な価値を何も失うことなく階梯を上りながら美学的な次元へ推移していくなかで、土と肉の重さを取り払われ浄化され自由になっていくため、心に重くのしかかる苦しみは言いようのない精神のよろこびとなっていく、そうです、それこそが詩なのです。

「II　詩論」解説

ルヴェルディの詩作品は日常的な事物や風景から出発しながらも読み手との了解の地平からできるだけ遠ざかろうとする運動を内にはらんでいるため、広い読者を獲得できたとは言いがたいところがある。対照的に平明な散文で書かれた詩人による詩論のなかには幅広い反響を呼び起こしたものがいくつかある。本書ではそのなかで「イマージュ *L'Image*」、「抒情 *Lyrisme*」、「詩 *Poésie*」と「詩と呼ばれるこの情動 *Cette émotion appelée poésie*」の四篇をとりあげる。

最初の詩論「イマージュ」は詩人自らが編集する雑誌「南北 *Nord-Sud*」一九一八年三月号で発表された。「イマージュ」とは英語の「イメージ」とまったく同じ綴りで意味もほぼ同じである。訳語をあてるとすれば「記憶像、心象」といった心のなかで浮かび上がる想像上の視覚か、「映像、画像、象徴」といったある何かを再現しようとする表象を指す一連の単語のどれかを選ぶことになるだろう。しかし、詩人にとっての「イマージュ」はそうした通常了解される意味合いを大きく超えたものとしてあるため、あえて日本の読者にはあまりなじみがないフランス語の響きがもたらす違和感をルヴェルディの思索の扉として残している。この短いテクストがアンドレ・ブルトンやルイ・アラゴンがシュルレアリスムを提唱するにあたって大きな示唆を与えたことは文学史的に知られている。ところが、詩人によると二つの離れた「現実」が作品のなかで接近させられても、そこに「遠ざかっていながらも的確な」諸関係が生まれなければ、「詩的現実」が力強さをもって現れることはないし、「作品の純粋さ」や「美学の純粋さ」もありえない。既存のレトリックや表象体系を退ける力強さがシュルレアリスムを用意したとはいえ、「的確」さや「純粋」さといった古典的と受け取られかねない基準を譲ろうとしない詩人の姿もここに読み取れる。翌一九一九年に先の二人にフィリップ・スーポーを加えた三人が自分たちの雑誌「リテラチュール *Littérature*」誌を発刊し夢や偶然を多用した作品や自動筆記といった手法を大胆に取り入れていくにあたって、そうしたルヴェルディに限界を見るのはむしろ当然であっただろう。詩人の側としても芸術を巡る激しい論争から距離をとりながら、「的確」で「純粋」であり無から有を創り出すに等しい業としての詩学とは何かを思索する孤独な道を歩んでいくことになる。

その思索の道筋に新たな展開が見えるのが、二つ目に収録した「抒情」である。「ガゼット・デ・セット・アール *Gazette des sept arts*」誌一九二三年二月十日号に発表されたこの論考では、感情の高揚から自我が世界へと拡張し神の視座にまで至るような抒情のあり方とはまったく異なった視点から同じ言葉が定義し直されている。そのために導かれるのが一九一八年の「イマージュ」にはあらわれなかったもう一つの項としての作品の受け手である。読む者や聴く者の「もっとも感じやすい点において魂にたった一回触れること」、その接触が「かさを増し、輝きを放ちはじめるかもしくは感受性のすべてを征服する」情動を創り出すこと。芸術作品の受け手と作り手のあいだにある距離はそのままに、このような決定的な出会いを果たすことが詩人にとっての「抒情」なのである。

そうした意味で「ジュルナル・リテレール *Le Journal littéraire*」誌一九二四年六月七日号に掲載された「詩」と名付けられた論考は示唆に富む。ここでルヴェルディは現実に二つの階梯を設けている。具体的な事物をあえて「非現実」としながら具体性を越えた次元で強く実在を感じさせる何かをあえて「本質現実《レエル》」とするのである。このの「本質現実《レエル》」は、まず詩人にとって詩作の根底にある最重要な詩要素である。一九二〇年代の初頭はカトリックへの帰依を決断した時期でもあり、絶対的に確かなるものへの志向も関わり得る。だが「本質現実《レエル》」の認識が、多くの思索と詩作の中で鍛え上げられ、ルヴェルディ独自の詩学として力強く展開されるには晩年の手記や詩論において、とりわけ「詩と呼ばれるこの情動」を待たなければならないだろう。また「本質現実《レエル》」は、詩作品を受け取る読者にとって詩的効果として重要なものである。ここでは読者が詩作品を通じて「本質現実《レエル》」を生きるためには自らの「精神」をランプとして灯さねばならないと記されている。しかしながら、「南北」廃刊後の詩人がその可能性を信じ切れていたのだろうか。「イマージュ」でみられるような力強い断言は影を潜め、自分の思索が進めば進むほど時代の要請との乖離を感じずにはおかない、そうした苦い認識が結語部分にあらわれる。その後一九二六年に詩人はパリを離れる決断を下すことになるだろう。

ところが第二次大戦後、一九四四年以降に時代の要請が再びルヴェルディを呼び戻すことになる。パリから遠く離れたソレームで後の手記を構成するアフォリスムをひたすら書きためていた詩人のもとをベルギーの評論家のルネ・ミシャが訪れる。ブリュッセルでの講演依頼のためであった。戦争直後の窮乏が続くなかわざわざブリュッセルから直接出向いての依頼は詩人の心を動かしたようで、ソレームでは入念に原稿が準備された。しかし落下事故による骨折から詩人が体調を崩してしまったため長距離の移動を伴う講演会の計画自体は白紙となった。ところが、その原稿を材料として、晩年に発表される三つの大規模な詩論である「詩の機能」« Fonction de la poésie »と「詩の状況」« Circonstance de la poésie »そして本書に収録する「詩と呼ばれるこの情動」が生み出されることになる。聴衆がいることを前提として構想されたこともあり、「詩の機能」と「詩と呼ばれるこの情動」の二つは活字で発表される前にラジオ番組で詩人自身の講演として放送された。「詩と呼ばれるこの情動」の放送日は一九五〇年四月十七日であった。フランス国立図書館の音響映像資料部には音源が残されており、詩人の声が南仏アクセントで伸びやかに響くのを耳にすることができる。訳文で「です・ます」調が採用されているのはこうした背景による。テクスト本文は同年八月号の「メルキュール・ド・フランス *Mercure de France*」誌に掲載された。

　この詩論のタイトルにもなっている、あれやこれやの心の動きではなく詩と呼ばざるを得ない「この情動」とは、もちろん一九二三年の「抒情」で問題となった読み手の心に生まれる情動のことである。しかし、ここでは芸術を生み出す者と享受する者の両者において人間の固有性を明らかにし支えることで、重くのしかかる現実を生き抜く力をもたらすことのできるものとして力強く肯定的に論じられている。そこで展開されるのが「本質現実《レエル》」という言葉である。「現実の」という形容詞の名詞化用法として日常的には「現実的なもの一般」が了解されるこの言葉を、ルヴェルディはあくまで現実に立脚しながら現実の重みから束の間でも解放してくれるような、創造する者と創造された作品を享受する者が共有できる最良の何かを差すのに使う。同時に、それはあくまで現実の地平の内側で起こる事態であるからには、自らを傷つけ悲しませるような「現実」までも包摂する言葉である。そうした広がりと奥行きを通常の形容詞を名詞化して訳す（たとえば「現実なるもの」と訳したりする）だけでは表現できず、苦肉の策として「本質現実《レエル》」として訳出した。この「本質現実《レエル》」こそが「語り得ないもの」でありながら「語られなければならないもの」でもあり、詩人はそれを語ることの困難に絶望しもすれば、自らの作品と読者の精神が出会う「衝撃」のうちにそれを読者のなかに創り出すことができるという希望を抱きもする。ルヴェルディの作品に頻出する「愛」という言葉は「本質現実《レエル》」をめぐる絶望と希望の振幅すべてを受け容れる覚悟として捉えることもできるだろう。そのような「愛」をもって詩人は自身の命を生き言葉を残す。その言葉が読者の精神と出会い、読者はまがうことなく自分自身のものでありながら今までに経験したことがないような新しく貴重な何かを「本質現実《レエル》」として生きることになるだろう。そのときに生まれるのが「詩と呼ばれるこの情動」なのだ。

附論　エドゥアール・グリッサン「純粋な風景[★01]」

ルヴェルディのうちには、「世界についての概念」などまるでないし、何らかの教義がまとまったものなど一つもないし、周囲を巻き込まずにはおかない暴君じみた体系もない。それは詩の諸々の権能であると言われている何かを放棄することになるのだろうか。そうして、灯りをもたらすのだという野心を詩から奪ってしまうことになるのだろうか。それは無邪気にも間違ったやりかたで詩を純粋詩といった生の状態に引き戻すことになるのだろうか。それとも詩を感情や内心の吐露でもってミイラのようにしてしまうことになるのだろうか。ルヴェルディは答える。「今日ではすでに疑う余地がないことなのだが、重要なのは、もはや何らかの三面記事にみられるような事件を悲痛な調子で述べ立てて感動させようとするのではないということだ。感動させるとすれば、夕べのとき、星の瞬く空が、穏やかで壮大で悲劇的な海が、もしくは太陽の下で雲が音もなく演じる悲劇がそうさせるのと同じほどの広がりと純粋さをもってしなければならないということだ[★02]」。ここには、まず「三面記事にみられるような事件」を上手く使いこなすことへの拒否がある。それは全面的なものとなるだろう。この拒否を詩人は暗い静謐と孤独でいわば飾り付けるのだ。悲劇的なものがあるとすれば静けさのうちにあり、悲劇自体は無言で繰り広げられる。そこからルヴェルディの領分が始まるのだ。このような孤独はどこまでいくのだろうか。孤独のうちにあることでまずは人間たちが退けられ、詩人が直接的な生に自由に入り込むことができるように思える。いろいろな事物、さまざまな物質、いろいろな様相の空、そして木々。ルヴェルディはそこにあるものからヴィジョンを得るのだ。

私たちがこのような作品に入っていくこと、それはもうひとつの自然に入っていくようなものだ。永遠に続く自然に統御されながらも、その原動力は雲や森が見せる様子と、風景の「温度」と、街

★01——このテクストはマルティニックのクレオール作家として知られるエドゥアール・グリッサン（Édouard Glissant 一九二八－二〇一一）の詩人論『詩的意図 *L'Intention poétique*』（一九六六年）に収録されたルヴェルディ論である。グリッサンは一九五七年に「ルヴェルディの孤独」« Solitude de Reverdy »というタイトルで「レットル・ヌヴェル *Les Lettres nouvelles*」誌五二号に本論の原型となる論文を発表しており、単行本収録にあたって大幅な改変を施している。ここにある「純粋な風景」というタイトルはルネ・シャール論まで含めた一つの章を指しているのだが、ここではルヴェルディ論に相当する前半部分だけを訳出している。なお、引用されたルヴェルディの作品については以下にその典拠を示すが、グリッサンが『詩的意図』全編にわたって一つたりとも出典を明示しないという態度を貫いているため、すべて訳者たちの調査による。

★02——手記『毛皮の手袋 *Le Gant de crin*』より引用。『ルヴェルディ全集II』五五九頁。以下『全集II』と略記する。

路の数々が花開くごとくあらわれる様と密接につながっている、そんなもう一つの自然に入っていくのだ。しかしながら、ルヴェルディは詩の諸領域がいかなるものであるかについては、ある明晰な概念に固く執着してもいる。彼はこうも語る。「自然は自然であり、自然は詩ではない。自然が幾人かの人々にもたらした反応こそが詩を作り出すのだ〔『全集Ⅱ』五四四頁〕」と。それがために幾人かの人々は世界の諸力との間に緊密な接触を打ち立てることを（それを灯りそのものとすることを、もしくは明らかにすることを）夢見るのだ。諸力と言っても宇宙から来る何かであったり、万物が自らの力を一気呵成に解き放つといったことではなく、ひとつひとつの事物のうちに自らを完結させるつつましくも執拗にあり続ける精気の流れのことである。人間がこのような接触を引き起こしたいと欲することができる（本質現実《レエル》がその濃密さを突きつけてくるとしても）のは、ルヴェルディによれば自然が自らの単純な真実によって精神に照応するからである。それはクローデルにとって、この世界と共に生まれながらも自然そのものから生まれるという義務、あらゆる被造物に「与えられた」この義務をとおして自然が精神に照応しているのと同じようなものだ。「自然は複雑だ。線と形と色がこれほどまでに複雑に絡み合っているとは。しかし自然は真実であり、単純さでもって精神に照応している〔『全集Ⅱ』五四三頁〕。」この命題に則ってルヴェルディは自らの詩学を繰り広げることになる。作品は自然の場としてあり、詩人は人々とそこで落ち合う約束をすることになるだろう（約束とはいえ人々はそこに行く義務を負わされるわけでもないのだが）。詩人が感情のこうした運び屋となって人間性そのものをもたらすのは、「現実との沸き立つような接触（『全集II』五四八頁）」を保つことができるからだ。それでも詩人は本質現実《レエル》が濃密さを備えていることを、それを探り当てようと探索したところで抵抗を突きつけてくることを意識している。そこから詩人は四方に広がる絶望にも襲われることもある。ここで求めるべきは接触であり、衝撃が生まれる接点であって（たぶんそうして熱を帯びて伝染していくはずであって）、完全で不可能と思えるほどの一致ではないのだから。そこで詩人はこう語るのだ。「外見に囚われて、この世界で窮屈に暮らす存在である彼。この世界など想像上の産物でしかなく、ほとんどの人がそれで満足しているところで、彼は障害物を乗り越え絶対性と本質現実《レエル》に到達するのだ。彼の精神が自在に動けるようなところへ（『全集II』五四八頁）。」――そしてそこにこそ自らの力について詩人はこう語るだろう。「恒常的で永続的なものだけを選択する、そうすることで今日の芸術は本質現実《レエル》だけを糧とするのだと主張し、芸術作品を定着させるあのような現実に到達し、自然のなかで存在する事物のただなかにあってもしかるべき位置を占めることができるようになるのだ（『全集II』五六一頁）」と。

　自然に依存するなどということはまるでない。芸術は選択し、純化する。芸術における自由と精神の権能はそこにこそあるのだから。そして、本質現実《レエル》とは、人々があんなにも長いあいだ満足していたあの外見というものと混同されないものだ（本質現実《レエル》にその資格を与える絶対性とは「恒常的で永続的なもの」であり、それは形態の流動性の下で――もしくは流動性そのものに――隠されている）。そもそも、自然を服従させたり利用したりすることが問題なのではなく、自然をまえにして糧をもたらしてくれるような触媒作用を、詩をとおして与えることこそが重要なのだ。詩によって再度——作り出すという意志（もしくはこの密かな欲求）において、現代の詩人たちは従来の詩学を踏襲する自然主義者と著しく異なっている。このような野心があるために、創造された詩作品は存在し継続するための法則を満たす一つの事物となり、そこにある木や眼前にひろがる平原と同じくらいに高い密度でそうした法則を満たす事物となる。神秘主義者でなくともそうしたヴィジョンを得ることはできるのだから、現実主義者でも神秘主義者でもないルヴェルディはそこにあるものをもたらす一人の訪問販売員なのだ。ではどのようにして「すぐれてこの世的な事物〔『全集Ⅱ』五四七頁〕」であるこの芸術を成功させることができるのだろうか。障害物につまずき、絶え間ない気苦労に突き当たらざるをえないのだが、そうした気苦労とはそれ自体が唯一の武器でもあるもの、つまり言葉なのだ。そこにあるものに固執するルヴェルディは抽象そのものである言葉をどのように用いなければならなかったのか。

詩人は言葉をより濃密にするのだ。言葉は自らの空間《ページ》にバランスをとってとどまり、手触りの粗い命を生きる。ルヴェルディ初期詩篇の大部分はすぐにそれとはわからないような重力によって組織されている。それぞれの集合（いくつかの言葉であったり数行のまとまりであったり）は自らの世界をあらわすのだが、周囲をとりかこむ他の集合のかずかずのなかに詩を一つの単位とするような充溢と出会うことがあっても、こうした関係は統辞論的な論理や「意味」からすり抜けてしまい、ほとんど命そのものにかかわるような照応関係の方へと進んでいく。言語から虚飾が取り去られたありよう（あからさまな貧しさ）によって、こうしてあたかも荷車で何かを運んでいくようなやり方がより強く感じられるようになっている。こうして詩人はそこにあるものを担う使命を言葉に与えて、言葉たちが包含し象徴する現実のかずかずが生きるのを目の当たりにする（それらの現実とともに生きる）ことになるのだ。

小川は通りを駆け下りながら泣く[★03]
囚われの木々はか細い声でやりとりをする[★04]

この同じ道に沿って登り続け

★03——詩集『楕円の天窓』詩篇「空気の片隅で」« Au coin de l'air »より引用。『ルヴェルディ全集Ⅰ』一四二頁。以下『全集Ⅰ』と略記する。
★04——詩集『麻のネクタイ』詩篇「赤らんだ顔」« La tête rouge »より引用。『全集Ⅰ』三四五頁。

すすり泣く巌まで至りそこで光は命を失う…★05

真の意味で言葉をより濃密に（そこにあるものにする）ことなど誰もできはしない。できるのは、ルヴェルディのように言葉と言葉のあいだに思いもつかなかったような関係を打ち立て、充溢と空虚からなる統語《サンタックス》を打ち立て、いくつかの空間と演じられる出し物を打ち立てることだ。それは実際のところ絶望的な試みでもあり、苦行に至るまで生きられた詩的絶対性によってのみ支えられるうるものだ。そうなのだ、この詩人はそこにあるものに身をさらす苦行者でもあるのだ。寺院のように積み上がる書物から逃れて（そしてあんなに壮大なこれらの思考はもはや身じろぎもしない。眠り込んでいるか、もしくは死んでいるのだ〔『全集Ⅰ』三八頁〕）人間がその外側にこのような事物の内在性を再発見すると、今度は請われたかのようにしてそこに取り込まれてしまう。

この繰り返す旋律から精神を引き離すため
真っ直ぐ条件ぬきで歩かなければならない
もっと現実の生の方へと★06

これは密やかで重くのしかかるような作業であり、様々な深さを探る作業でもある。そして詩作品は「下の方から、苦しみをかかえながらも、立ち上がってこなければならない」[★07]のだ。世界を生きること。漠然と何かを思い出したり超越性に頼るのでもない。「今あること」そのものなのだ。そこから、ルヴェルディの詩作品のかずかずはそれだけ多くの絵画であり、純粋な行為であり、「プレゼント」でもあるのだと考えたくもなってくる。詩人の捧げものはマラルメがそこに孤立していった明晰な不在などといったものの対局にある。詩人のレトリックもそうだ。それは調和を保ちつつ緊密に組み上げられた一つの体系《シェマ》からくるものではなく、つややかに浮かび上がってきたりはしないあらゆるものに開かれた一つの道行きからきている。こうしてそこにあるものを捧げものとすることは何かを知るための手段となり、そこから詩人は本質現実《レエル》への道筋を他者に見いだしてあげているのだ。というのも、「詩人を特徴付ける表現したいという欲求は、いつもそのように明白に見えるわけではないのだが、詩人が自らの内にかかえる存在の過剰からきている」[★08]のだから。存在は閉じた場所で動かないまま自分自身と向き合う定めにあり、そのことで震えている。このような孤

★05――詩集『眠れるギター』詩篇「美しき西方」より引用。『全集I』二八五頁。

★06――詩集『眠れるギター』詩篇「待ちながら」より引用。『全集I』、二六七頁。「美しき西方」と「待ちながら」は本書にも収録された作品であるが、ここでは修正後の『ほとんどの時間』から引用されている。

★07――手記『ばらばらで *En vrac*』より引用。『全集II』、八二一頁。

★08――アンドレ・ブルトン、フランシス・ポンジュ、ルヴェルディが対談したラジオ放送からの引用。« Entretien avec Breton et Reverdy », dans *Œuvres complètes de Francis Ponge*, Gallimard, « Bibliothèque de la Pléiade », t.I, 1999, p. 692.

独とは欠乏であり苦悩であり、それにたいして日々戦わなければならない。そこで存在が合流したいと願う何かがあるのだが、それは逆に激しく動きまわり、逃れ去って行く。詩人が言うように「すべては常に立ち上がっていて今や旅立とうとしている」[★09]のだから。そして人間はリベットで締められたかのように固定され、この戦慄をもたらさずにはおかない変転のただなかで澱みに沈むほかないのだ。

何かが起こるのを待ちながら
何かはわからない[★10]

それゆえ、果たすべき務めは動きを定着させることであり、彷徨している（まだしっかりとした声をもたない）命を定着させることであり、「跳ねるボール」[★11]をしっかりと摑むことなのだ。人間は自らの孤独を生きるままにされるのにたいして、事物たちは逃走し、騒ぎ立つかもしくは静まっていく。しかし、真実はそこに、つまり人間のうちにそこにあるものを定着させることにあるのだ。すくなくとも、人間が自らにそこにあるものが定着されていくことについて開かれた関心を寄せる、その関心のなかにこそあるのだ。そこにあるのは純粋な風景だ。存在は自らのヴィジョンを困難を伴いながらもあえて決然と行使することで自らの頑迷さを後退させるに至る。本質現実《レエル》に順応するのだ。そうして自らの世界が整えられていく。人間は本質現実《レエル》を自らに引き寄せようとしただけではないし、人間的なものを物質化できないために物質を人間化しようとしただけではない。本質現実《レエル》との関係において、人間は事物にただ愛着を転移させたのではないのだ。この世界とアナロジーで結ばれた（この世界をただ繰り返すのではない）もう一つの世界を築くのだ。錯覚に満ちてはいるが説得力のある世界。関係であり、塊ではない。関係であるとはいえ、働きかけてくる何かでもある。そこでなんとか生きていける何かでもある。そこで言葉はいくつもの意味作用に自らを晒す危険を冒して一つの発話《パロール》となっていく。詩作品は純然たる捧げものであるだけではなく、自らの可能性がどれほどのものかを計ってもいるのだ。

夕べは過ぎていったので
空間は横断されたので
何かを見ようとして降りてきた月は
止まってしまった

★09――詩集『描かれた星 *Étoiles peintes*』詩篇「古びた港」« Vieux port » より引用。『全集Ⅰ』、二九一頁。
★10――詩集『風の泉』詩篇「自分の前に」« Devant soi » より引用。『全集Ⅱ』、九九頁。
★11――一九二八年に出版された詩集のタイトル。
★12――詩集『麻のネクタイ』詩編「縦陣の一団だけ」« Troupeau de file tout seul » より引用。『全集Ⅰ』、三四九頁。

そして向かいあっていた私は片目の底に
いま起こっていることを見つめている★12
(…)
胸に起こる最後の渦巻きにいくつかの漠然とした言葉しかなくなって
罠仕掛けは緩められ
いくつもの夢でできた斜面が光りだす
解放された記憶
空中のどこかで見失ってしまった悲しみ
乗り越えられた国境
季節を越えたところで解かれてしまったすべての糸にはまた順番が回ってきて
沈黙にみちた暗い背景をまえに調子を取り戻す★13

ここに沈黙があるとしてそれは自ら取り組んだ作業が役立つようになった人間のそれだ。そうして得られる均衡が「漠然とした言葉」でしかないとしても。詩人はあらゆる事物のただなかで孤立することから、事物がもたらす一種の教訓へと進んだのだ。そこには一つの倫理がある。

そこにあるものと繋がりができると、あの「普遍的」でかつきわめて密かに個人的な力が引き起こされる。そうした力は、そこにあるものとの繋がりが想定するような存在するすべてのものとの一致《コミュニオン》をとおして（そのような一致は永遠に叶わないとしても）引き起こされるからでもあるし、またその繋がりがあることで、すべてを巻き込むような悲劇にあっても人間が比肩する存在であろうとするには独りになることが求められるからでもある。それぞれの人が詩的な発話をどのように了解したいと思うのかは自由だ。それぞれの人が内側に自らの風景を繰り広げているのだから。とすれば、このようにそれぞれ異なった風景を担っている人々に一様に受け容れられる発話をどのようにして提案できるというのだろうか。孤独についての倫理を貫きつつ、しかし共通の場所として、ここではない外側で。

ルヴェルディが自身の同類と出会うのは、星や通りや、現れるたびに新しく姿を現すさまざまな太陽や、自然に存在したり創造されたりする事物を通してなのだ。その出会いがあるのは、周囲を取り囲むさまざまな命が放つ明瞭さに歩み寄るという、それぞれの人に突きつけられた憂鬱な難しさのためでもあるし、また詩人があらゆる人々のために道を切り開く存在となりうる、その可能性

★13――詩集『緑の森 *Bois vert*』詩篇「そして今」« Et maintenant »より引用。『全集II』、四五六－四五八頁。

があるからなのだ。詩が意味をもち影響力を発揮するのは、詩固有の秘密であり多くの回り道を通じて再発見されることになった以下の点においてである。すなわち詩によって、それぞれの人が自分自身の風景（自分自身の物の見方といってもいいが、おそらくそれについては漠然とした意識しか持っていなかったのではないか）ともう一人の人間の風景、そこにあるものについて最も密度の高いヴィジョンとそのもっとも確かな表現に接近した人間の風景（詩人のことだ）、それらの両者を突き合わせることができるようになる、その点においてなのだ。

ルヴェルディは本質現実《レエル》について見立てをたてるときに私たちが手にする早見表のうちの一つである。詩人が彼自身の本質現実《レエル》の総体を提示しようとして失敗し（本質現実《レエル》は必要にかられて言葉による把握を逃れ去るものだ）、そのことで何らかの痛恨の思いを示すことがあるとはいえ、こうした痛恨の思いは詩人自身からくるもの（彼自身にのみ向けられたもの）でしかない。というのも、私たちにとってみれば、日々の暮らしそのものに通じる窓の一つを、世界に通じる明かり窓（そのように詩人は語っていた★14）の一つを開いてくれるのが詩人なのだから。詩人が苦しみ抜いた絶対性から生まれるのは、私たちにとってみればこのようにして存在しうる光である。ルヴェルディがもたらしてくれる詩的愉悦を越えたところで、孤独が徐々に姿をあらわし不安が心を突き刺してくるまさにその場所で、周囲にあるものとの間に安寧が生まれる。こうした孤独がもたらす効力とそれをもたらそうと生まれる閃光のうちに、詩は不毛に乾いた孤立とは真逆のほうへ働きかけてくれるはずだ。

★14——ルヴェルディの初期詩集の一つのタイトルは『楕円の天窓』(一九一六)であった。

ピエール・ルヴェルディ〔1889–1960〕年譜

▼——世界史の事項　●——文化史・文学史を中心とする事項　**太字ゴチの作家**
『タイトル』——〈ルリユール叢書〉の既刊・続刊予定の書籍です

一八八九年

九月十三日、ナルボンヌで誕生（実際に生まれた日付は十一日だが、戸籍に登録された日付は十三日）。実母の意向を受けて父母不詳として名字がないままアンリ・ピエールという名で戸籍登録が行われた。実母ジャンヌ・ローズは一八八四年に結婚した別の男性はすでにナルボンヌから去っていた。詩人は母の元で育てられる。

▼パン・アメリカ会議開催〔米〕▼第二インターナショナル結成〔仏〕●パリ万博開催、エッフェル塔完成〔仏〕●ベルクソン『意識に直接与えられているものについての試論』〔仏〕●ヴェルレーヌ『並行して』〔仏〕●E・シュレ『偉大なる秘儀受領者たち』〔仏〕●ブールジェ『弟子』〔仏〕●ハウエルズ『アニー・キルバーン』〔米〕●J・K・ジェローム『ボートの三人男』〔英〕●L・ハーン『チタ』〔英〕●ギッシング『ネザー・ワールド』〔英〕●ダヌンツィオ『快楽』〔伊〕●ヴェルガ『親方・貴族ジェズアルド』〔伊〕●パラシオ＝バルデス『サン・スルピシオ修道女』〔西〕●G・ハウプトマン『日の出前』〔独〕●マーラー《交響曲第一番》初演〔ハンガリー〕●エミネスク歿、『ミンナ』〔ルーマニア〕●H・バング『ティーネ』〔デンマーク〕●ゲレロプ『ミンナ』〔デンマーク〕●W・B・イェイツ『アシーンの放浪ほかの詩』〔愛〕●トルストイ『人生論』〔露〕●森田思軒訳ユゴー

『探偵ユーベル』〔日〕

一八九一年〔二歳〕

実父がカルカッソンヌ郊外モンターニュ・ノワール山地の麓にあるブドウ畑を含む地所を相続。詩人も子供時代しばしば滞在した。

▼全ドイツ連盟結成〔独〕●ヴェルレーヌ『幸福』、『詩選集』、『わが病院』、『彼女のための歌』〔仏〕●ユイスマンス『彼方』〔仏〕●シュオッブ『二重の心』〔仏〕●モレアス、〈ロマーヌ派〉樹立宣言〔仏〕●ジッド『アンドレ・ヴァルテールの手記』〔仏〕●ビアス『いのちの半ばに』〔米〕●ハウエルズ『批評と小説』〔米〕●ノリス『イーヴァネル——封建下のフランスにおける伝説』〔米〕●メルヴィル歿、『ビリー・バッド』〔米〕●H・ジェイムズ『アメリカ人』〔米〕●ドイル『シャーロック・ホームズの冒険』〔英〕●W・モリス『ユートピアだより』〔英〕●ワイルド『ドリアン・グレイの画像』〔英〕●ハーディ『ダーバヴィル家のテス』〔英〕●ギッシング『三文文士』〔英〕●バーナード・ショー『イプセン主義神髄』〔英〕●パスコリ『ミリーチェ』〔伊〕●クノップフ《私は私自身に扉を閉ざす》〔白〕●ホーフマンスタール『昨日』〔墺〕●ヴェーデキント『春のめざめ』〔独〕●S・ゲオルゲ『巡礼』〔独〕●G・ハウプトマン『さびしき人々』〔独〕●ポントピダン『約束の地』（〜九五）〔デンマーク〕●ラーゲルレーヴ『イエスタ・ベルリング物語』〔スウェーデン〕●トルストイ『クロイツェル・ソナタ』〔露〕●マルティ『素朴な詩』〔キューバ〕●マシャード・デ・アシス『キンカス・ボルバ』〔ブラジル〕●リサール『エル・フィリブステリスモ』〔フィリピン〕

一八九五年〔六歳〕

十二月九日、実母の離婚成立後、実父ヴィクトール・アンリ・ルヴェルディがアンリ・ピエールとして戸籍申請されていた詩人との親子関係を認知。詩人の戸籍にルヴェルディという名字が加えられる。

▼キューバ独立戦争〔キューバ〕●リュミエール兄弟による最初の映画上映〔仏〕●ヴェルレーヌ『告白』〔仏〕●ヴァレリー『レオナルド・ダ・ヴィンチ方法序説』〔仏〕●D・バーナム《リライアンス・ビル》〔米〕●S・クレイン『赤い武功章』、『黒い騎士たち』〔米〕●トウェイン『まぬけのウィルソン』〔米〕●モントリオール文学学校結成〔カナダ〕●ロンドン・スクール・オブ・エコノミクス設立〔英〕●オスカー・ワイルド事件〔英〕●ウェルズ『タイム・マシン』〔英〕●ハーディ『日陰者ジュード』〔英〕●G・マクドナルド『リリス』〔英〕●コンラッド『オールメイヤーの阿房宮』〔英〕●L・ハーン『東の国から』〔英〕●ヴェラーレン『触手ある大都会』〔白〕●マルコーニ、無線電信を発明〔伊〕●ペレーダ『山の上』〔西〕●ブロイアー、フロイト『ヒステリー研究』〔墺〕●シュニッツラー『死』、《恋愛三昧》初演〔墺〕●ホフマンスタール『六七二夜の物語』〔墺〕●レントゲン、X線を発見〔独〕●パニッツァ『性愛公会議』〔独〕●ナンセン、北極探検〔ノルウェー〕●パタソン『スノーウィー・リヴァーから来た男』〔豪〕●樋口一葉『たけくらべ』〔日〕

一八九七年〔八歳〕

実母と実父が結婚。

▼バーゼルで第一回シオニスト会議開催〔欧〕▼女性参政権協会全国連盟設立〔英〕▼ヴィリニュスで、ブンド（リトアニア・ポーランド・ロシア・ユダヤ人労働者総同盟）結成〔東欧〕●マラルメ『骰子一擲』、『ディヴァガシオン』〔仏〕●フランス『現代史』（〜一九〇一）〔仏〕●**ジャリ『昼と夜』**〔仏〕●ジッド『地の糧』〔仏〕●H・ジェイムズ『ポイントンの蒐集品』、『メイジーの知ったこと』〔米〕●テイト・ギャラリー開館〔英〕●H・エリス『性心理学』（〜一九二八）〔英〕●**ハーディ『恋の霊』**〔英〕●ウェルズ『透明人間』〔英〕●ヘンティ『最初のビルマ戦争』〔英〕●コンラッド『ナーシサス号の黒人』〔英〕●ロデンバック『カリヨン奏者』〔白〕●ガニベ『スペインの理念』〔西〕●クリムトら〈ウィーン・ゼツェッシオン（分離派）〉創立〔墺〕●K・クラウス『破壊された文学』〔墺〕●シュニッツラー『死人に口なし』〔墺〕●S・W・レイモント『約束の土地』（〜九八）〔ポーランド〕●プルス『ファラオ』〔ポーランド〕●ストリンドバリ『インフェルノ』〔スウェーデン〕●B・ストーカー『ドラキュラ』〔愛〕

一九〇〇年［十一歳］

実父が市議会議員に当選。

▼労働代表委員会結成〔英〕▼義和団事件〔中〕●ベルクソン『笑い』〔仏〕●ジャリ『鎖につながれたユビュ』〔仏〕●コレット『学校へ行くクローディーヌ』〔仏〕●ドライサー『シスター・キャリー』〔米〕●ノリス『男の女』〔米〕●L・ボーム『オズの魔法使い』〔米〕●L・ハーン『影』〔英〕●ウェルズ『恋愛とルイシャム氏』〔英〕●シュピッテラー『オリュンポスの春』（〜〇五）〔スイス〕●プッチーニ《トスカ》初演〔伊〕●フォガッツァーロ『現代の小さな世界』〔伊〕●ダヌンツィオ『炎』〔伊〕●フロイト『夢判断』〔墺〕●シュニッツラー『輪舞』、『グストル少尉』〔墺〕●プランク、「プランクの放射公式」を提出〔独〕

●ツェッペリン、飛行船ツェッペリン号建造〔独〕●ジンメル『貨幣の哲学』〔独〕●S・ゲオルゲ『生の絨毯』〔独〕●シェンキェーヴィチ『十字軍の騎士たち』〔ポーランド〕●S・ジェロムスキ『家なき人々』〔ポーランド〕●ヌーシッチ『血の貢ぎ物』〔セルビア〕●イェンセン『王の没落』(〜〇一)〔デンマーク〕●ベールイ『交響楽(第一・英雄的)』〔露〕●バーリモント『燃える建物』〔露〕●チェーホフ『谷間』〔露〕●マシャード・デ・アシス『むっつり屋』〔ブラジル〕

一九〇一年〔十二歳〕

実母と実父が離婚。詩人は実父のもとにとどまる。

▼マッキンリー暗殺、セオドア・ローズベルトが大統領に〔米〕▼ヴィクトリア女王歿、エドワード七世即位〔英〕▼革命的ナロードニキの代表によってSR結成〔露〕▼オーストラリア連邦成立〔豪〕●ラヴェル《水の戯れ》〔仏〕●シュリ・プリュドム、ノーベル文学賞受賞〔仏〕●ジャリ『メッサリーナ』〔仏〕●フィリップ『ビュビュ・ド・モンパルナス』〔仏〕●ノリス『オクトパス』〔米〕●キップリング『キム』〔英〕●ウェルズ『予想』、『月世界最初の人間』〔英〕●L・ハーン『日本雑録』〔英〕●ヘンティ『ガリバルディとともに』〔英〕●マルコーニ、大西洋横断無線電信に成功〔伊〕●ダヌンツィオ《フランチェスカ・ダ・リーミニ》上演〔伊〕●バローハ『シルベストレ・パラドックスの冒険、でっちあげ、欺瞞』〔西〕●フロイト『日常生活の精神病理学』〔墺〕●T・マン『ブデンブローク家の人々』〔独〕●H・バング『灰色の家』〔デンマーク〕●ストリンドバリ『夢の劇』〔スウェーデン〕●ヘイデンスタム『聖女ビルギッタの巡礼』〔スウェーデン〕●チェーホフ《三人姉妹》初演〔露〕

一九〇六年［十七歳］

五月、実父が市議会議員辞職。以後地方紙「ラ・レピュブリック・ソシアル *La République sociale*」に多くの記事を投稿する。

▼サンフランシスコ地震［米］▼一月、イギリスの労働代表委員会、労働党と改称。八月、英露協商締結（三国協商が成立）［英］●ロマン・ロラン『ミケランジェロ』［仏］●J・ロマン『更生の町』［仏］●クローデル『真昼に分かつ』［仏］●ロンドン『白い牙』［米］●ビアス『冷笑家用語集』（一一年、『悪魔の辞典』に改題）［米］●ゴールズワージー『財産家』［英］●シュピッテラー『イマーゴ』［スイス］●カルドゥッチ、ノーベル文学賞受賞［伊］●ダヌンツィオ『愛にもまして』［伊］●ドールス『語録』［西］●ムージル『寄宿者テルレスの惑い』［墺］●ヘッセ『車輪の下』［独］●モルゲンシュテルン『メランコリー』［独］●H・バング『祖国のない人々』［デンマーク］●ビョルンソン『マリイ』［ノルウェー］●ターレボフ『人生の諸問題』［イラン］●島崎藤村『破戒』［日］●内田魯庵訳トルストイ『復活』［日］

一九〇七年［十八歳］

三月十五日、ワイン価格下落のため債務を払えず、実父はカルカッソンヌ近郊の地所を手放す（三月より続いたアルジェリア産ワインの国内流通と補糖によるフランス全土でのワイン生産量拡大への抗議活動が過激化。ナルボンヌにてワイン生産農家による抗議行動に対して警察隊が発砲。死者数名）。

▼第二回ハーグ平和会議●グラッセ社設立〔仏〕●ベルクソン『創造的進化』〔仏〕●クローデル『東方の認識』、『詩法』〔仏〕●コレット『感傷的な隠れ住まい』〔仏〕●デュアメル『伝説、戦闘』〔仏〕●ロンドン『道』〔米〕●W・ジェイムズ『プラグマティズム』〔米〕●キップリング、ノーベル文学賞受賞〔英〕●コンラッド『密偵』〔英〕●シング《西の国のプレイボーイ》初演〔英〕●E・M・フォースター『ロンゲスト・ジャーニー』〔英〕●ピカソ《アヴィニヨンの娘たち》〔西〕●A・マチャード『孤独、回廊、その他の詩』〔西〕●バリェ゠インクラン『紋章の鷲』〔西〕●リルケ『新詩集』（〜〇八）〔墺〕●S・ゲオルゲ『第七の輪』〔独〕●レンジェル・メニヘールト《偉大な領主》上演〔ハンガリー〕●ストリンドバリ『青の書』（〜一二）〔スウェーデン〕●M・アスエラ『マリア・ルイサ』〔メキシコ〕●夏目漱石『文学論』〔日〕

一九〇九年〔三十歳〕

詩人兵役を免除される。

▼モロッコで反乱、バルセロナでモロッコ戦争に反対するゼネスト拡大「悲劇の一週間」、軍による鎮圧〔西〕●G・ブラック《水差しとヴァイオリン》〔仏〕●ジッド『狭き門』〔仏〕●コレット『気ままな生娘』〔仏〕●F・L・ライト《ロビー邸》〔米〕●スタイン『三人の女』〔米〕●E・パウンド『仮面』〔米〕●ロンドン『マーティン・イーデン』〔米〕●ウィリアムズ『第一詩集』〔米〕●ウェルズ『アン・ヴェロニカの冒険』、『トノ・バンゲイ』〔英〕●マリネッティ、パリ「フィガロ」紙に『未来派宣言』（仏語）を発表〔伊〕●バローハ『向こう見ずなサラカイン』〔西〕●リルケ『鎮魂歌』〔墺〕●カンディンスキーらミュンヘンにて〈新芸術家同盟〉結成〔独〕●T・マン『大公殿下』〔独〕●**レンジェル・メニヘールト《颱風》**

上演〔ハンガリー〕●ラーゲルレーヴ、ノーベル文学賞受賞〔スウェーデン〕●ストリンドバリ『大街道』〔スウェーデン〕●セルゲイ・ディアギレフ、「バレエ・リュス」旗揚げ〔露〕●M・アスエラ『毒草』〔メキシコ〕

一九一〇年〔二十一歳〕

十月三日、パリ上京。同郷の友人を頼った後にモンマルトルの通称「洗濯船 Bateau-Lavoir」で暮らす。モンパルナスの印刷所で校正者として働くため、ほぼ同時期に開通したパリ南北地下鉄A線を利用する。芸術家が集うモンパルナス・モンマルトルの二つの丘を結ぶ「南北 Nord-Sud」地下鉄の名は詩人が刊行する雑誌名となる。

▼十一月五日、パリ南北地下電気鉄道会社A線開通（ポルト・ド・ヴェルサイユ－ノートルダム・ド・ラ・ロレット間）〔仏〕▼エドワード七世歿、ジョージ五世即位〔英〕▼ポルトガル革命〔ポルトガル〕▼メキシコ革命〔メキシコ〕▼大逆事件〔日〕●アポリネール『異端教祖株式会社』〔仏〕●クローデル『五大賛歌』〔仏〕●バーネット『秘密の花園』〔米〕●ロンドン『革命、その他の評論』〔米〕●ロンドンで〈マネと印象派展〉開催（R・フライ企画）〔英〕●E・M・フォースター『ハワーズ・エンド』〔英〕●A・ベネット『クレイハンガー』〔英〕●**ウェルズ**『ポリー氏』、『〈**眠れる者**〉**目覚める**』〔英〕●ボッチョーニほか『絵画宣言』〔伊〕●ダヌンツィオ『可なり哉、不可なり哉』〔伊〕●G・ミロー『墓地の桜桃』〔西〕●K・クラウス『万里の長城』〔墺〕●リルケ『マルテの手記』〔墺〕●H・ワルデン、ベルリンにて文芸・美術雑誌「シュトルム」を創刊（～三二）〔独〕●ハイゼ、ノーベル文学賞受賞〔独〕●クラーゲス『性格学の基礎』〔独〕●モルゲンシュテルン『パルムシュトレーム』〔独〕●ルカーチ『魂と形式』〔ハンガリー〕●ヌーシッチ『世界漫遊記』〔セルビア〕●フレーブニコフら〈立体未来派〉結成〔露〕●谷崎潤一郎『刺青』〔日〕

一九一一年〔三十二歳〕

五月六日、実母が詩人との親子関係を認知。
九月十五日、実父死去。

▼四月五日、南北地下鉄A線延伸（ノートルダム・ド・ラ・ロレット－ピガール間）、モンマルトルの丘のすぐ真下まで地下鉄が到達〔仏〕▼イタリア・トルコ戦争〔伊・土〕●ロマン・ロラン『トルストイ』〔仏〕●J・ロマン『ある男の死』〔仏〕●ジャリ『フォーストロール博士の言行録』〔仏〕●ラルボー『フェルミナ・マルケス』〔仏〕●ロンドン『スナーク号航海記』〔米〕●ドライサー『ジェニー・ゲアハート』〔米〕●ウェルズ『ニュー・マキャベリ』〔英〕●A・ベネット『ヒルダ・レスウェイズ』〔英〕●コンラッド『西欧の目の下に』〔英〕●チェスタトン『ブラウン神父物語』（～三五）〔英〕●ビアボーム『ズーレイカ・ドブスン』〔英〕●N・ダグラス『セイレーン・ランド』〔英〕●メーテルランク、ノーベル文学賞受賞〔白〕●プラテッラ『音楽宣言』〔伊〕●ダヌンツィオ『聖セバスティアンの殉教』〔伊〕●バッケッリ『ルドヴィーコ・クローの不思議の糸』〔伊〕●バローハ『知恵の木』〔西〕●S・ツヴァイク『最初の体験』〔墺〕●ホフマンスタール『イェーダーマン』、『ばらの騎士』〔墺〕●**M・ブロート『ユダヤの女たち――ある長編小説』**〔独〕●フッサール『厳密な学としての哲学』〔独〕●セヴェリャーニンら〈自我未来派〉結成〔露〕●アレクセイ・N・トルストイ『変わり者たち』〔露〕●A・レイェス『美学的諸問題』〔メキシコ〕●M・アスエラ『マデーロ派、アンドレス・ペレス』〔メキシコ〕●西田幾多郎『善の研究』〔日〕●青鞜社結成〔日〕●島村抱月訳イプセン『人形の家』〔日〕

一九一三年〔二十四歳〕

「洗濯船」からコルトー通り十二番地へ転居。モーリス・ユトリロとシュザンヌ・ヴァラドン親子のアトリエの真下に位置する部屋（一九二六年にパリを離れるまでそこで暮らす）。

▼第二次バルカン戦争（〜八月）〔欧〕▼マデーロ大統領、暗殺される〔メキシコ〕▼一月十三日、パリ市内で最後の乗合馬車が廃止に〔仏〕●ストラヴィンスキー《春の祭典》（パリ初演）〔仏・露〕●G・ブラック《クラリネット》〔仏〕●リヴィエール『冒険小説論』〔仏〕●J・ロマン『仲間』〔仏〕●マルタン・デュ・ガール『ジャン・バロワ』〔仏〕●アラン＝フルニエ『モーヌの大将』〔仏〕●プルースト『失われた時を求めて』（〜二七）〔仏〕●コクトー『ポトマック』（〜一九）〔仏〕●アポリネール『アルコール』、『キュビスムの画家たち』〔仏〕●ラルボー『A・O・バルナブース全集』〔仏〕●ニューヨーク、グランドセントラル駅竣工〔米〕●ロンドン『ジョン・バーリコーン』〔米〕●キャザー『おゝ開拓者よ！』〔米〕●ウォートン『国の慣習』〔米〕●フロスト『第一詩集』〔米〕●ショー《ピグマリオン》（ウィーン初演）〔英〕●ロレンス『息子と恋人』〔英〕●サンドラール「シベリア鉄道とフランス少女ジャンヌの散文」（『全世界より』）〔スイス〕●ラミュ『サミュエル・ブレの生涯』〔スイス〕●ルッソロ『騒音芸術』〔伊〕●パピーニ、ソッフィチと「ラチェルバ」を創刊（〜一五）〔伊〕●アソリン『古典作家と現代作家』〔西〕●バローハ『ある活動家の回想記』（〜三五）〔西〕●バリェ＝インクラン『侯爵夫人ロサリンダ』〔西〕●シュニッツラー『ベアーテ夫人とその息子』〔墺〕●クラーゲス『表現運動と造形力』、『人間と大地』〔独〕●ヤスパース『精神病理学総論』〔独〕●フッサール『イデーン』（第一巻）〔独〕●フォスラー『言語発展に反映したフランス文化』〔独〕●カフカ『観察』、『火夫』、『判決』〔独〕

●デーブリーン『タンポポ殺し』〔独〕 ●トラークル『詩集』〔独〕 ●シェーアバルト『小惑星物語』〔独〕 ●ルカーチ『美的文化』〔ハンガリー〕 ●ストラヴィンスキー《春の祭典》（パリ初演）〔露〕 ●シェルシェネーヴィチ、未来派グループ〈詩の中二階〉を創始〔露〕 ●マンデリシターム『石』〔露〕 ●マヤコフスキー『ウラジーミル・マヤコフスキー』〔露〕 ●**ベールイ『ペテルブルグ』**（〜一四）〔露〕 ●ウイドブロ『夜の歌』、『沈黙の洞窟』〔チリ〕 ●タゴール、ノーベル文学賞受賞〔印〕

一九一四年〔三十五歳〕

九月八日、アンリエット・シャルロット・ビュローと結婚。

▼サライェヴォ事件、第一次世界大戦勃発（〜一八）〔欧〕 ▼七月三十一日、ジャン・ジョレス暗殺（開戦反対派はリーダーを失う）。八月三日、フランスがドイツに宣戦布告。八月四日、ポワンカレ大統領、議会両院で神聖同盟を訴える。九月五日、ドイツ軍がパリ郊外マルヌ川まで進行。フランス・イギリス連合軍はそこまで退却したが、マルヌの戦いと呼ばれる反転攻勢かける〔仏〕 ▼大戦への不参加表明〔西〕 ●ラヴェル《クープランの墓》〔仏〕 ●J＝A・ノー『かもめを追って』〔仏〕 ●ジッド『法王庁の抜穴』〔仏〕 ●ルーセル『ロクス・ソルス』〔仏〕 ●E・R・バローズ『類猿人ターザン』〔米〕 ●スタイン『やさしいボタン』〔米〕 ●ノリス『ヴァンドーヴァーと野獣』〔米〕 ●ヴォーティシズム機関誌「ブラスト」創刊〔英〕 ●ウェルズ『解放された世界』〔英〕 ●**ラミュ『詩人の訪れ』**、**『存在理由』**〔スイス〕 ●サンテリーア『建築宣言』〔伊〕 ●オルテガ・イ・ガセー『ドン・キホーテをめぐる省察』〔西〕 ●ヒメネス『プラテロとわたし』〔西〕 ●ゴメス・デ・ラ・セルナ『グレゲリーアス』、『ありえない博士』〔西〕 ●ベッヒャー『滅亡と勝利』〔独〕 ●ジョイス『ダブリンの市民』〔愛〕 ●ウイドブロ『秘密の仏塔』〔チリ〕

●ガルベス『模範的な女教師』〔アルゼンチン〕●夏目漱石『こころ』〔日〕

一九一五年〔二十六歳〕

十月十三日、ファン・グリスとアンリ・ローランスの挿絵入り詩集『散文詩集 *Poème en prose*』刊行。

▼ルシタニア号事件〔欧〕▼九月二十五日～十月六日、シャンパーニュの戦い〔欧〕●ロマン・ロラン、ノーベル文学賞受賞〔仏〕●セシル・B・デミル『カルメン』〔米〕●グリフィス『国民の創生』〔米〕●キャザー『ヒバリのうた』〔米〕●D・H・ローレンス『虹』（ただちに発禁処分に）〔英〕●コンラッド『勝利』〔英〕●V・ウルフ『船出』〔英〕●モーム『人間の絆』〔英〕●F・フォード『善良な兵士』〔英〕●N・ダグラス『オールド・カラブリア』〔英〕●ヴェルフリン『美術史の基礎概念』〔スイス〕●アソリン『古典の周辺』〔西〕●カフカ『変身』〔独〕●デーブリーン『ヴァン・ルンの三つの跳躍』（クライスト賞、フォンターネ賞受賞）〔独〕●T・マン『フリードリヒと大同盟』〔独〕●クラーゲス『精神と生命』〔独〕●ヤコブソン、ボガトゥイリョーフら〈モスクワ言語学サークル〉を結成（～二四）〔露〕●グスマン『メキシコの抗争』〔メキシコ〕●グイラルデス『死と血の物語』、『水晶の鈴』〔アルゼンチン〕●芥川龍之介『羅生門』〔日〕

一九一六年〔二十七歳〕

十一月十五日、詩集『楕円の天窓 *La Lucarne Ovale*』刊行。

十二月、詩集『いくつかの詩 *Quelques poèmes*』刊行。

同月、芸術と音楽のコラボレーションイベント〈竪琴とパレット〉にて詩人の作品が朗読される。グレタ・プロゾール（Greta Prozor）による朗読。マックス・ジャコブ（Max Jacob）の紹介文によると、ルヴェルディは「戦争の詩人」とされている。

▼七月〜十一月、ソンムの戦い〔欧〕▼スパルタクス団結成〔独〕●文芸誌「シック」創刊（〜一九）〔仏〕●グリフィス『イントレランス』〔米〕●S・アンダーソン『ウィンディ・マクファーソンの息子』〔米〕●O・ハックスリー『燃える車』〔英〕●ゴールズワージー『林檎の樹』〔英〕●A・ベネット『この二人』〔英〕●トリスタン・ツァラ、ダダ宣言〔スイス〕●サンドラール『ルクセンブルクでの戦争』〔スイス〕●ダヌンツィオ『夜想譜』〔伊〕●ウンガレッティ『埋もれた港』〔伊〕●パルド＝バサン、マドリード中央大学教授に就任〔西〕●文芸誌「セルバンテス」創刊（〜二〇）〔西〕●バリェ＝インクラン『不思議なランプ』〔西〕●G・ミロー『キリスト受難模様』〔西〕●クラーゲス『筆跡と性格』、『人格の概念』〔独〕●カフカ『判決』〔独〕●ジェルジ・ルカーチ『小説の理論』〔ハンガリー〕●レンジェル・メニヘールト、パントマイム劇《中国の不思議な役人》発表〔ハンガリー〕●ヘイデンスタム、ノーベル文学賞受賞〔スウェーデン〕●ジョイス『若い芸術家の肖像』〔愛〕●ペテルブルクで〈オポヤーズ〉（詩的言語研究会）設立〔露〕●M・アスエラ『虐げられし人々』〔メキシコ〕●ウイドブロ、ブエノスアイレスで創造主義宣言〔チリ〕●ガルベス『形而上的悪』〔アルゼンチン〕

一九一七年〔二十八歳〕

小説『タランの盗人 *Le Voleur de Talan*』刊行。

三月十五日、「南北 *Nord-Sud*」誌第一号を創刊。本号に「キュビスムについて」を掲載。四月十五日、「南北」誌第二号を発刊。五月から十二月にかけて、「南北」誌第三号から第十号を発刊する。

▼ドイツに宣戦布告、第一次世界大戦に参戦〔米〕▼労働争議の激化に対し非常事態宣言。全国でゼネストが頻発するが、軍が弾圧〔西〕▼十月革命、ロシア帝国が消滅しソヴィエト政権成立。十一月、レーニン、平和についての布告を発表〔露〕●アポリネール《ティレジアスの乳房》上演〔仏〕●M・ジャコブ『骰子筒』〔仏〕●ヴァレリー『若きパルク』〔仏〕●ピュリッツァー賞創設〔米〕●V・ウルフ『二つの短編小説』〔英〕T・S・エリオット『二つの短編小説』〔英〕●サンドラール『奥深い今日』〔スイス〕●ラミュ『大いなる春』〔スイス〕●ピカビア、芸術誌「391」創刊〔仏〕●**ウナムーノ『アベル・サンチェス』**〔西〕●G・ミロー『シグエンサの書』〔西〕●ヒメネス『新婚詩人の日記』〔西〕●芸術誌「デ・ステイル」創刊（〜二八）〔蘭〕●S・ツヴァイク『エレミヤ』〔墺〕●フロイト『精神分析入門』〔墺〕●モーリッツ・ジグモンド『炬火』〔ハンガリー〕●クルレジャ『牧神パン』、『三つの交響曲』〔クロアチア〕●ゲレロプ、ポントピダン、ノーベル文学賞受賞〔デンマーク〕●レーニン『国家と革命』〔露〕●プロコフィエフ《古典交響曲》〔露〕●A・レイェス『アナウァック幻想』〔メキシコ〕●M・アスエラ『ボスたち』〔メキシコ〕●フリオ・モリーナ・ヌニェス、フアン・アグスティン・アラーヤ編『叙情の密林』〔チリ〕●グイラルデス『ラウチョ』〔アルゼンチン〕●バーラティ『クリシュナの歌』〔印〕

一九一八年〔二十九歳〕

三月十五日、詩集『屋根のスレート *Les Ardoises du toit*』刊行。

一月から十月にかけて、「南北」誌第十一号から第十六号を刊行する。

十二月十八日、アンリ・マティスの挿絵入り詩集『偽装ジョッキー *Les Jockey camouflés et Période hors-texte* « *Edition ornée de cinq dessins inédits de Henri Matisse* »』刊行

▼一月、米国ウィルソン大統領、十四カ条発表▼二月、英国、第四次選挙法改正（女性参政権認める）▼三月、スペイン風邪が大流行（～二〇）▼三月、ブレスト＝リトフスク条約。ドイツ、ソヴィエト＝ロシアが単独講和▼十月、「セルビア人・クロアチア人・スロヴェニア人」王国の建国宣言▼十一月、ドイツ革命。ドイツ帝政が崩壊し、ドイツ共和国成立。ヴィルヘルム二世、オランダに亡命▼十一月十一日、停戦協定成立し、第一次世界大戦終結。ポーランド、共和国として独立●ラルボー『幼ごころ』〔仏〕●アポリネール『カリグラム』、『新精神と詩人たち』〔仏〕●コクトー『雄鶏とアルルカン』〔仏〕●デュアメル『文明』（ゴンクール賞受賞）〔仏〕●キャザー『マイ・アントニーア』〔米〕●O・ハックスリー『青春の敗北』〔英〕●E・シットウェル『道化の家』〔英〕●W・ルイス『ター』〔英〕●ストレイチー『ヴィクトリア朝偉人伝』〔英〕●サンドラール『パナマあるいは七人の伯父の冒険』、『殺しの記』〔スイス〕●ラミュ「兵士の物語」（ストラヴィンスキーのオペラ台本）〔スイス〕●文芸誌「グレシア」創刊（～二〇）〔西〕●ヒメネス『永遠』〔西〕●シェーンベルクら〈私的演奏協会〉発足〔墺〕●シュピッツァー『ロマンス語の統辞法と文体論』〔墺〕●K・クラウス『人類最後の日々』（～二二）〔墺〕●シュニッツラー『カサノヴァの帰還』〔墺〕●**デーブリーン**『**ヴァッツェクの蒸気タービンとの戦い**』〔独〕●T・マン『非政治的人間の考察』〔独〕●H・マン『臣下』〔独〕●ルカーチ『バラージュと彼を必要とせぬ人々』〔ハンガリー〕●ジョイス『亡命者たち』〔愛〕●**アンドリッチ**、「南方文芸」誌を創刊（～一九）、『**エクスポント**（**黒海より**）』〔セルビア〕●M・アスエラ『蠅』〔メキシコ〕●魯迅『狂人日記』〔中〕

一九一九年［三十歳］

九月十日、詩人の実母ジャンヌ・ローズがパリ郊外ヌイイー・シュル・マルヌの精神病院に収容され、同月二十九日に肺炎で死去。

十二月五日、ファン・グリスの挿絵入り詩集『眠れるギター *La Guitare endormie*』刊行。

十二月二十日、詩人が「美学批評」と名付けたアフォリスム集『セルフディフェンス *Self defence*』刊行。

▼パリ講和会議［欧］▼合衆国憲法修正第十八条（禁酒法）制定、憲法修正第十九条（女性参政権）可決［米］▼アメリカ鉄鋼労働者ストライキ［米］▼ストライキが頻発、マドリードでメトロ開通［西］▼ワイマール憲法発布［独］▼第三インターナショナル（コミンテルン）成立［露］▼ギリシア・トルコ戦争［希・土］▼三・一独立運動［朝鮮］▼五・四運動［中国］●ガリマール社設立［仏］●ブルトン、アラゴン、スーポーとダダの機関誌「文学」を創刊［仏］●ベルクソン『精神エネルギー』［仏］●ジッド『田園交響楽』［仏］●コクトー『ポトマック』［仏］●デュアメル『世界の占有』［仏］●パルプ雑誌「ブラック・マスク」創刊（～五一）［米］●S・アンダーソン『ワインズバーグ・オハイオ』［米］●ケインズ『平和の経済的帰結』［英］●**コンラッド『黄金の矢』**［英］●V・ウルフ『夜と昼』、『現代小説論』［英］●T・S・エリオット『詩集――一九一九年』［英］●モーム『月と六ペンス』［英］●シュピッテラー、ノーベル文学賞受賞［スイス］●サンドラール『弾力のある十九の詩』、『全世界より』、『世界の終わり』［スイス］●ローマにて文芸誌「ロンダ」創刊（～二三）［伊］●バッケッリ『ハムレット』［伊］●ヒメネス『石と空』［西］●ホフマンスタール『影のない女』［墺］●ホイジンガ『中世の秋』［蘭］●グロピウス、ワイマールにバウハウス

を設立〔〜三三〕〔独〕●カフカ『流刑地にて』、『田舎医者』〔独〕●ヘッセ『デーミアン』〔独〕●クルツィウス『現代フランスの文学開拓者たち』〔独〕●ツルニャンスキー『イタカの抒情』〔セルビア〕●シェルシェネーヴィチ、エセーニンらと〈イマジニズム〉を結成〔〜二七〕〔露〕●M・アスエラ『上品な一家の苦難』〔メキシコ〕●有島武郎『或る女』〔日〕

一九二一年〔三十二歳〕

二月二十日、アンドレ・ドゥランの挿絵入り詩集『描かれた星 *Étoiles peintes*』刊行。

五月二日、サン・ピエール・ド・モンマルトル教会で洗礼を受ける。

十一月三十日、詩集『樫の心 *Cœur de chêne*』刊行。

▼英ソ通商協定〔英・露〕▼新経済政策〔ネップ〕開始〔露〕▼ロンドン会議にて、対独賠償総額〔一三二〇億金マルク〕決まる〔欧・米〕▼ファシスト党成立〔伊〕▼モロッコで、部族反乱に対しスペイン軍敗北〔西〕▼中国共産党結成〔中国〕▼ワシントン会議開催▼四カ国条約調印〔米・英・仏・日〕●A・フランス、ノーベル文学賞受賞〔仏〕●アラゴン『アニセまたはパノラマ』〔仏〕●ヴァレーズら、ニューヨークにて〈国際作曲家組合〉を設立〔米〕●チャップリン『キッド』〔米〕●S・アンダーソン『卵の勝利』〔米〕●ドス・パソス『三人の兵隊』〔米〕●オニール『皇帝ジョーンズ』〔米〕●O・ハックスリー『クローム・イエロー』〔英〕●V・ウルフ『月曜日か火曜日』〔英〕●ウェルズ『世界史概観』〔英〕●ピランデッロ《作者を探す六人の登場人物》初演〔伊〕●文芸誌「ウルトラ」創刊〔〜二二〕〔西〕●オルテガ・イ・ガセー『無脊椎のスペイン』〔西〕●J・ミロ《農園》〔西〕●バリェ゠インクラン『ドン・フリオレラの角』〔西〕●G・ミロー『われらの神父聖ダニエル』〔西〕●S・ツヴァ

イク『ロマン・ロラン』［墺］●アインシュタイン、ノーベル物理学賞受賞［独］●ドナウエッシンゲン音楽祭が開幕［独］●クラーゲス『意識の本質』［独］●ハシェク『兵士シュヴェイクの冒険』（～二三）［チェコ］●ツルニャンスキー『チャルノイェヴィチに関する日記』［セルビア］●ボルヘス、雑誌「ノソトロス」にウルトライスモ宣言を発表［アルゼンチン］

一九二二年［三十三歳］

三月二十九日、パブロ・ピカソの挿絵入り詩集『麻のネクタイ *Cravate de chanvre*』刊行。

▼ワシントン会議にて、海軍軍備制限条約、九カ国条約調印▼ジェノヴァ会議▼KKK団の再興［米］▼ムッソリーニ、ローマ進軍。首相就任［伊］▼ドイツとソヴィエト、ラパロ条約調印［独・露］▼アイルランド自由国正式に成立［愛］▼スターリンが書記長に就任、ソヴィエト連邦成立［露］●ロマン・ロラン『魅せられた魂』（～三三）［仏］●マルタン・デュ・ガール『チボー家の人々』（～四〇）［仏］●モラン『夜ひらく』［仏］●J・ロマン『リュシエンヌ』［仏］●コレット『クローディーヌの家』［仏］●キャロル・ジョン・デイリーによる最初のハードボイルド短編、「ブラック・マスク」掲載に［米］●スタイン『地理と戯曲』［米］●キャザー『同志クロード』（ピューリッツァー賞受賞）［米］●ドライサー『私自身に関する本』［米］●フィッツジェラルド『美しき呪われし者』、『ジャズ・エイジの物語』［米］●S・ルイス『バビット』［米］●イギリス放送会社BBC設立［英］●D・H・ローレンス『アロンの杖』、『無意識の幻想』［英］●E・シットウェル『ファサード』［英］●T・S・エリオット『荒地』（米国）［英］●マンスフィールド『園遊会、その他』［英］●アソリン『ドン・ファアン』［西］●ザルツブルクにて〈国際作曲家協会〉発足［墺］●S・ツヴァイク『アモク』［墺］●ヒンデミット、〈音楽のための共同体〉開催（～二三）［独］●ラング『ドクトル・マブゼ』［独］●ムルナウ『吸血鬼ノスフェラトゥ』

〔独〕●クラーゲス『宇宙創造的エロス』〔独〕●T・マン『ドイツ共和国について』〔独〕●ヘッセ『シッダールタ』〔独〕●カロッサ『幼年時代』〔独〕●ブレヒト《夜打つ太鼓》初演〔独〕●コストラーニ・デジェー『血の詩人』〔ハンガリー〕●レンジェル・メニヘールト『アメリカ日記』〔ハンガリー〕●ジョイス『ユリシーズ』〔愛〕●アレクセイ・N・トルストイ『アエリータ』〔〜二三〕〔露〕●ボルヘス『ブエノスアイレスの熱狂』〔アルゼンチン〕

一九二三年

▼仏・白軍、ルール占領〔欧〕▼ハーディングの死後、クーリッジが大統領に〔米〕▼プリモ・デ・リベーラ将軍のクーデタ、独裁開始〔〜三〇〕〔西〕▼ミュンヘン一揆〔独〕▼ローザンヌ条約締結、トルコ共和国成立▼関東大震災〔日〕●J・ロマン『ル・トルーアデック氏の放蕩』〔仏〕●ラディゲ『肉体の悪魔』〔仏〕●ジッド『ドストエフスキー』〔仏〕●ラルボー『恋人よ、幸せな恋人よ……』〔仏〕●コクトー『山師トマ』、『大胯びらき』〔仏〕●モラン『夜とざす』〔仏〕●F・モーリヤック『火の河』、『ジェニトリクス』〔仏〕●コレット『青い麦』〔仏〕●ウォルト・ディズニー・カンパニー創立〔米〕●『タイム』誌創刊〔米〕●S・アンダーソン『馬と人間』、『多くの結婚』〔米〕●キャザー『迷える夫人』〔米〕●ハーディ『コーンウォール女王の悲劇』〔英〕●D・H・ローレンス『アメリカ古典文学研究』、『カンガルー』〔英〕●**コンラッド『放浪者 あるいは海賊ペロル』**〔英〕●T・S・エリオット『荒地』〔ホガース・プレス刊〕〔英〕●サンドラール『黒色のヴィーナス』〔スイス〕●バッケッリ『まぐろは知っている』〔伊〕●ズヴェーヴォ『ゼーノの苦悶』〔伊〕●オルテガ・イ・ガセー、「レビスタ・デ・オクシデンテ」誌を創刊〔西〕●ドールス『プラド美術館の三時間』〔西〕●ゴメス・デ・ラ・セルナ『小説家』〔西〕●リルケ『ドゥイーノの悲歌』、『オルフォイスに寄せるソネット』〔墺〕●カッシーラー『象徴形式の哲学』〔〜二九〕〔独〕●ジェルジ・ルカーチ『歴史と階級意識』〔ハンガリー〕●ロスラヴェッツら〈現代音楽協会〉設立〔露〕●M・アスエラ『不運』〔メキシコ〕●グイラルデス『ハイ

マカ』〔アルゼンチン〕●バーラティ『郭公の歌』〔インド〕●菊池寛、「文芸春秋」を創刊〔日〕

一九二四年〔三十五歳〕

作品選集『空の漂着物 *Les Épaves du ciel*』刊行。

▼ロサンゼルスへの水利権紛争で水路爆破（カリフォルニア水戦争）。ロサンゼルス不動産バブルがはじける。ロサンゼルスの人口が百万人を突破〔米〕▼中国、第一次国共合作〔中〕●ブルトン『シュルレアリスム宣言』、雑誌「シュルレアリスム革命」創刊（〜二九）〔仏〕●P・ヴァレリー、V・ラルボー、L＝P・ファルグ、文芸誌「コメルス」を創刊（〜三二）〔仏〕●ルネ・クレール『幕間』〔仏〕●ラディゲ『ドルジェル伯の舞踏会』〔仏〕●ガーシュイン《ラプソディ・イン・ブルー》〔米〕●セシル・B・デミル《十戒》〔米〕●ヘミングウェイ『われらの時代に』〔米〕●スタイン『アメリカ人の創生』〔米〕●オニール『楡の木陰の欲望』〔米〕●E・M・フォースター『インドへの道』〔英〕●I・A・リチャーズ『文芸批評の原理』〔英〕●F・M・フォード『ジョウゼフ・コンラッド——個人的回想』、『パレーズ・エンド』（〜二八、五〇刊）〔英〕●サンドラール『コダック』〔スイス〕●ダヌンツィオ『鎚の火花』（〜二八）〔伊〕●A・マチャード『新しい詩』〔西〕●ムージル『三人の女』〔墺〕●シュニッツラー『令嬢エルゼ』〔墺〕●デーブリーン『山・海・巨人』〔独〕●T・マン『魔の山』〔独〕●カロッサ『ルーマニア日記』〔独〕●ベンヤミン『ゲーテの親和力』（〜二五）〔独〕●ネズヴァル『パントマイム』〔チェコ〕●バラージュ『視覚的人間』〔ハンガリー〕●ヌーシッチ『自叙伝』〔セルビア〕●**アンドリッチ『短編小説集』**〔セルビア〕●アレクセイ・N・トルストイ『イビクス、あるいはネヴゾーロフの冒険』〔露〕●トゥイニャーノフ『詩の言葉の問題』〔露〕●ショーン・オケーシー《ジュノーと孔雀》初演〔愛〕

●A・レイェス『残忍なイピゲネイア』〔メキシコ〕●ネルーダ『二十の愛の詩と一つの絶望の歌』〔チリ〕●宮沢賢治『春の修羅』〔日〕●築地小劇場創設〔日〕

一九二五年〔三十六歳〕

作品選集『海の泡 *Écumes de la mer*』刊行。

十一月十七日、詩集『大自然 *Grande nature*』刊行。

▼ロカルノ条約調印〔欧〕●M・モース『贈与論』〔仏〕●ラルボー『罰せられざる悪徳・読書――英語の領域』〔仏〕●F・モーリヤック『愛の砂漠』〔仏〕●チャップリン『黄金狂時代』〔米〕●S・アンダーソン『黒い笑い』〔米〕●キャザー『教授の家』〔米〕●ドライサー『アメリカの悲劇』〔米〕●ドス・パソス『マンハッタン乗換駅』〔米〕●フィッツジェラルド『偉大なギャツビー』〔米〕●ルース『殿方は金髪がお好き』〔米〕●ホワイトヘッド『科学と近代世界』〔英〕●**コンラッド『サスペンス』**〔英〕●V・ウルフ『ダロウェイ夫人』〔英〕●O・ハックスリー『くだらぬ本』〔英〕●クロフツ『フレンチ警部最大の事件』〔英〕●R・ノックス『陸橋殺人事件』〔英〕●H・リード『退却』〔英〕●サンドラール『黄金』〔スイス〕●ラミュ『天の喜び』〔スイス〕●モンターレ『烏賊の骨』〔伊〕●ピカソ《三人の踊り子》〔西〕●アソリン『ドニャ・イネス』〔西〕●オルテガ・イ・ガセー『芸術の非人間化』〔西〕●カフカ『審判』〔独〕●ツックマイアー『楽しきぶどう山』〔独〕●クルツィウス『現代ヨーロッパにおけるフランス精神』〔独〕●フォスラー『言語における精神と文化』〔独〕●フロンスキー『故郷』、『クレムニツァ物語』〔スロヴァキア〕●エイゼンシュテイン『戦艦ポチョムキン』〔露〕●アレクセイ・N・トルストイ『五人同盟』〔露〕●シクロフスキー『散

文の理論』〔露〕●M・アスエラ『償い』〔メキシコ〕●ボルヘス『正面の月』〔アルゼンチン〕●梶井基次郎『檸檬』〔日〕

一九二六年〔三十七歳〕

三月二十二日、物語集『人間の肌・大衆小説 *La Peau de l'homme, roman popuaire*』刊行。

五月、首都パリからサルト県ソレームに転居。当初は修道院の在俗献身者として暮らす。ほどなくカトリック信仰の実践から離れはしたが、短期の旅行やパリ滞在の他は終生この地を離れることはなかった。

▼炭鉱ストから、他産業労働者によるゼネストへ発展するも失敗〔英〕▼ポアンカレの挙国一致内閣成立〔仏〕▼モロッコの戦争終結〔西〕▼ドイツ、国際連盟に加入〔独〕▼ピウスツキのクーデター〔ポーランド〕▼蒋介石による上海クーデター、国共分裂へ〔中〕▼トロツキー、ソ連共産党から除名される〔露〕●J・ルノワール『女優ナナ』〔仏〕●コクトー『オルフェ』〔仏〕●ジッド『一粒の麦もし死なずば』、『贋金つかい』〔仏〕●アラゴン『パリの農夫』〔仏〕●マルロー『西欧の誘惑』〔仏〕●コレット『シェリの最後』〔仏〕●ゴダード、液体燃料ロケットの飛翔実験に成功〔米〕●世界初のSF専門誌「アメージング・ストーリーズ」創刊〔米〕●ヘミングウェイ『日はまた昇る』〔米〕●キャザー『不倶戴天の敵』〔米〕●フォークナー『兵士の報酬』〔米〕●ナボコフ『マーシェンカ』〔米〕●オニール《偉大な神ブラウン》初演〔米〕●T・E・ローレンス『知恵の七柱』〔英〕●D・H・ローレンス『翼ある蛇』〔英〕●クリスティ『アクロイド殺人事件』〔英〕●サンドラール『モラヴァジーヌ』、『危険な生活讃』、『映画入門』〔スイス〕●ラミュ『山の大いなる恐怖』〔スイス〕●フィレンツェのパレンティ社、文芸誌「ソラーリア」を発刊（〜三四）〔伊〕●**バリェ＝インクラン**『故人の三つ揃い』、『**独裁者ティラン・バンデラス　灼熱の地の小説**』〔西〕

●G・ミロー『ハンセン病の司教』〔西〕●ゴメス・デ・ラ・セルナ『闘牛士カラーチョ』〔西〕●シュニッツラー『夢の物語』〔墺〕●フリッツ・ラング『メトロポリス』〔独〕●クラーゲス『ニーチェの心理学的業績』〔独〕●カフカ『城』〔独〕●ヤーコブソン、マテジウスらと〈プラハ言語学サークル〉を創設〔チェコ〕●コストラーニ・デジェー『エーデシュ・アンナ』〔ハンガリー〕●バーベリ『騎兵隊』〔露〕●高柳健次郎、ブラウン管を応用した世界初の電子式テレビ受像器を開発〔日〕

一九二七年〔三十八歳〕

一月十二日、手記『毛皮の手袋 *Le Gant de crin*』刊行。

▼金融恐慌はじまる〔日〕●リンドバーグ、世界初の大西洋横断単独無着陸飛行を達成〔米〕●ベルクソン、ノーベル文学賞受賞〔仏〕●モラン『生きている仏陀』〔仏〕●ボーヴ『あるかなしかの町』〔仏〕●ギユー『民衆の家』〔仏〕●ラルボー『黄・青・白』〔仏〕●F・モーリヤック『テレーズ・デスケルー』〔仏〕●クローデル『百扇帖』、『朝日のなかの黒鳥』〔仏〕●世界初のトーキー映画『ジャズ・シンガー』が公開に〔米〕●ヘミングウェイ『女のいない男たち』〔米〕●キャザー『大司教に死来る』〔米〕●フォークナー『蚊』〔米〕●アプトン・シンクレア『石油!』〔米〕●V・ウルフ『灯台へ』〔英〕●リース『左岸、ボヘミアン風のパリのスケッチ』〔英〕●E・M・フォースター『小説の諸相』〔英〕●サンドラール『プラン・ド・レギュイユ』〔スイス〕●ラミュ『地上の美』〔スイス〕●バッケッリ『ポンテルンゴの悪魔』〔伊〕●パオロ・ヴィタ゠フィンツィ『偽書撰』〔伊〕●「一九二七年世代」と呼ばれる作家グループ、活動活発化〔西〕●バリェ゠インクラン『奇跡の宮廷』、『大尉の娘』〔西〕●S・ツヴァイク『感情の惑乱』、『人類の星の時間』〔墺〕●ロート『果てしなき逃走』〔墺〕●ラング『メトロポ

リス』〔独〕●ハイデガー『存在と時間』〔独〕●カフカ『アメリカ』〔独〕●ヘッセ『荒野の狼』〔独〕●マクシモヴィッチ『幼年時代の園』〔セルビア〕●フロンスキー『クロコチの黄色い家』〔スロヴァキア〕●アレクセイ・N・トルストイ『技師ガーリンの双曲面体』〔露〕●A・レイェス『ゴンゴラに関する諸問題』〔メキシコ〕●芥川龍之介、自殺〔日〕

一九二八年［三十九歳］

九月二十日、アメデオ・モディリアーニの挿絵入り詩集『跳ねるボール *La Balle au bond*』刊行。

▼第一次五カ年計画を開始〔露〕▼大統領選に勝ったオブレゴンが暗殺〔メキシコ〕●ラヴェル《ボレロ》〔仏〕●ブニュエル／ダリ《アンダルシアの犬》〔仏〕●ブルトン『ナジャ』、『シュルレアリスムと絵画』〔仏〕●J・ロマン『肉体の神』〔仏〕●マルロー『征服者』〔仏〕●クローデル『繻子の靴』（～二九）〔仏〕●サン＝テグジュペリ『南方郵便機』〔仏〕●モラン『黒魔術』〔仏〕●バタイユ『眼球譚』〔仏〕●**P＝J・ジューヴ『カトリーヌ・クラシャの冒険』**（～三二）〔仏〕●バシュラール『近似的認識に関する試論』〔仏〕●CIAM（近代建築国際会議）開催（～五九）〔欧〕●ガーシュイン《パリのアメリカ人》〔米〕●オニール《奇妙な幕間狂言》初演〔米〕●D・H・ローレンス『チャタレイ夫人の恋人』〔英〕●ヴァン・ダイン『探偵小説二十則』、『グリーン家殺人事件』〔米〕●ナボコフ『キング、クィーンそしてジャック』〔米〕●V・ウルフ『オーランドー』〔英〕●O・ハックスリー『対位法』〔英〕●ウォー『大転落』〔英〕●R・ノックス『ノックスの十戒』〔英〕●リース『ポーズ』〔英〕●サンドラール『白人の子供のための黒人のお話』〔スイス〕●マンツィーニ『魅せられた時代』〔伊〕●バリェ＝インクラン『御主人、万歳』〔西〕●G・ミロー『歳月と地の隔たり』〔西〕●シュピッツァー『文体研究』〔墺〕●シュニッツラー『テレーゼ』〔墺〕●フッサー

ル『内的時間意識の現象学』〔独〕●ベンヤミン『ドイツ悲劇の根源』〔独〕●S・ゲオルゲ『新しい国』〔独〕●E・ケストナー『エーミルと探偵団』〔独〕●ブレヒト《三文オペラ》初演〔独〕●ウンセット、ノーベル文学賞受賞〔ノルウェー〕●アレクセイ・N・トルストイ『まむし』〔露〕●イェイツ『塔』〔愛〕●ショーロホフ『静かなドン』(〜四〇)〔露〕●グスマン『鷲と蛇』〔メキシコ〕●ガルベス『パラグアイ戦争の情景』(〜二九)〔アルゼンチン〕

一九二九年〔四十歳〕

十月七日、パブロ・ピカソの挿絵入り詩集『風の泉、一九一五−一九二九 *Sources du vent, 1915-1929*』刊行。

十二月三日、詩集『ガラスの水たまり *Flaques de verre*』刊行。

▼十月二十四日ウォール街株価大暴落、世界大恐慌に●学術誌「ドキュマン」創刊(編集長バタイユ、〜三〇)〔仏〕●J・ロマン『船が……』〔仏〕●ジッド『女の学校』(〜三六)〔仏〕●コクトー『恐るべき子供たち』〔仏〕●ダビ『北ホテル』〔仏〕●ユルスナール『アレクシあるいは空しい戦いについて』〔仏〕●コレット『第二の女』〔仏〕●ジロドゥー『アンフィトリオン三八』〔仏〕●ニューヨーク近代美術館開館〔米〕●ヘミングウェイ『武器よさらば』〔米〕●フォークナー『響きと怒り』、『サートリス』〔米〕●ヴァン・ダイン『僧正殺人事件』〔米〕●ナボコフ『チョールブの帰還』〔米〕●D・H・ローレンス『死んだ男』〔英〕●E・シットウェル『黄金海岸の習わし』〔英〕●H・グリーン『生きる』〔英〕●ラミュ『葡萄栽培者たちの祭』〔スイス〕●モラーヴィア『無関心な人々』〔伊〕●ゴメス・デ・ラ・セルナ『人間もどき』〔西〕●リルケ『若き詩人への手紙』〔墺〕●**S・ツヴァイク**『ジョゼフ・フーシェ』、『**過去への旅**』〔墺〕●ミース・ファン・デル・ローエ《バルセロナ万国博覧会のドイ

ツ館》〔独〕●デーブリーン『ベルリン・アレクサンダー広場』〔独〕●レマルク『西部戦線異状なし』〔独〕●アウエルバッハ『世俗詩人ダンテ』〔独〕●クラーゲス『心情の敵対者としての精神』（～三三）〔独〕●アンドリッチ『ゴヤ』〔セルビア〕●ツルニャンスキー『流浪』〔セルビア〕●フロンスキー『蜜の心』〔スロヴァキア〕●アレクセイ・N・トルストイ『ピョートル一世』（～四五）〔露〕●ヤシェンスキ『パリを焼く』〔露〕●**グスマン『ボスの影』**〔メキシコ〕●ガジェゴス『ドニャ・バルバラ』〔ベネズエラ〕●ボルヘス『サン・マルティンの手帖』〔アルゼンチン〕●小林多喜二『蟹工船』〔日〕

一九三〇年〔四十一歳〕

マルク・シャガールの挿絵入り詩集『白い石 *Pierres Blanches*』刊行。

物語集『危険と災難 *Risques et périls*』刊行。

▼ロンドン海軍軍縮会議〔英・米・仏・伊・日〕▼国内失業者が千三百万人に〔米〕▼プリモ・デ・リベーラ辞任。ベレンゲール将軍の「やわらかい独裁」開始〔西〕●ブニュエル／ダリ《黄金時代》〔仏〕●ルネ・クレール『パリの屋根の下』〔仏〕●コクトー『阿片』〔仏〕●マルロー『王道』〔仏〕●コレット『シド』〔仏〕●S・ルイス、ノーベル文学賞受賞〔米〕●フォークナー『死の床に横たわりて』〔米〕●ドス・パソス『北緯四十二度線』〔米〕●マクリーシュ『新天地』〔米〕●ハメット『マルタの鷹』〔米〕●ナボコフ『ルージンの防御』〔米〕●H・クレイン『橋』〔米〕●J・M・ケイン『われらの政府』〔米〕●D・H・ローレンス『黙示録論』〔英〕●**セイヤーズ『ストロング・ポイズン』**〔英〕●E・シットウェル『アレグザンダー・ポープ』〔英〕●W・エンプソン『曖昧の七つの型』〔英〕●カワード『私生活』〔英〕●リース『マッケンジー氏と別れてから』〔英〕●サン

ドラール『ラム』〔スイス〕●アルヴァーロ『アスプロモンテの人々』〔伊〕●シローネ『フォンタマーラ』〔伊〕●プラーツ『肉体と死と悪魔』〔伊〕●オルテガ・イ・ガセー『大衆の反逆』〔西〕●A・マチャード、M・マチャード『ラ・ロラは港へ』〔西〕●フロイト『文化への不満』〔墺〕●ムージル『特性のない男』(〜四三、五二)〔墺〕●ヘッセ『ナルチスとゴルトムント』〔独〕●T・マン『マーリオと魔術師』〔独〕●ブレヒト《マハゴニー市の興亡》初演〔独〕●クルツィウス『フランス文化論』〔独〕●**アイスネル『恋人たち』**〔チェコ〕●エリアーデ『イサベルと悪魔の水』〔ルーマニア〕●マクシモヴィッチ『緑の騎士』〔セルビア〕●フロンスキー『勇敢な子ウサギ』〔スロヴァキア〕●T・クリステンセン『打っ壊し』〔デンマーク〕●ブーニン『アルセーニエフの生涯』〔露〕●アストゥリアス『グアテマラ伝説集』〔グアテマラ〕●ボルヘス『エバリスト・カリエゴ』〔アルゼンチン〕

一九三七年〔四十八歳〕

三月五日、詩集『屑鉄 *Feraille*』刊行。

▼ヒンデンブルグ号爆発事故〔米〕▼イタリア、国際連盟を脱退〔伊〕▼フランコ、総統に就任〔西〕●ブルトン『狂気の愛』〔仏〕●マルロー『希望』〔仏〕●カロザース、ナイロン・ストッキングを発明〔米〕●スタインベック『二十日鼠と人間』〔米〕●W・スティーヴンズ『青いギターの男』〔米〕●ヘミングウェイ『持つと持たぬと』〔米〕●J・M・ケイン『セレナーデ』〔米〕●ナボコフ『賜物』(〜三八)〔米〕●ホイットル、ターボジェット(ジェットエンジン)を完成〔英〕●**V・ウルフ『歳月』**〔英〕●セイヤーズ『忙しい蜜月旅行』〔英〕●E・シットウェル『黒い太陽の下に生く』〔英〕●フォックス『小説と民衆』〔英〕●コードウェル『幻影と現実』〔英〕●ル・コルビュジエ『伽藍が白かったとき』〔スイス〕●ピカソ《ゲルニカ》〔西〕●デーブリーン『死のない国』〔独〕●ゴンブローヴィチ『フェルディドゥ

ルケ』〔ポーランド〕●エリアーデ『蛇』〔ルーマニア〕●ブリクセン『アフリカ農場』〔デンマーク〕●メアリー・コラム『伝統と始祖たち』〔愛〕●A・レイエス『ゲーテの政治思想』〔メキシコ〕●パス『お前の明るき影の下で』、『人間の根』〔メキシコ〕

一九四〇年〔五十一歳〕

五月二日、詩集『満杯のコップ *Plein verre*』刊行。

▼ドイツ軍、パリ占領。ヴィシー政府成立〔仏・独〕▼トロツキー、メキシコで暗殺される〔露〕▼日独伊三国軍事同盟〔伊・独・日〕●サルトル『想像力の問題』〔仏〕●バシュラール『否定の哲学』〔仏〕●チャップリン『独裁者』〔米〕●ヘミングウェイ『誰がために鐘は鳴る』、《第五列》初演〔米〕●キャザー『サファイラと奴隷娘』〔米〕●J・M・ケイン『横領者』〔米〕●マッカラーズ『心は孤独な猟人』〔米〕●チャンドラー『さらば愛しき人よ』〔米〕●e・e・カミングズ『五十詩集』〔米〕●E・ウィルソン『フィンランド駅へ』〔米〕●クライン『ユダヤ人も持たざるや』〔カナダ〕●プラット『ブレブーフとその兄弟たち』〔カナダ〕●フローリーとチェイン、ペニシリンの単離に成功〔英・豪〕●G・グリーン『権力と栄光』〔英〕●ケストラー『真昼の暗黒』〔英〕●H・リード『アナキズムの哲学』、『無垢と経験の記録』〔英〕●A・リヴァ『雲をつかむ』〔スイス〕●エリアーデ『ホーニヒベルガー博士の秘密』、『セランポーレの夜』〔ルーマニア〕●フロンスキー『グラーチ書記』、『在米スロヴァキア移民を訪ねて』〔スロヴァキア〕●エリティス『定位』〔ギリシア〕●ビオイ＝カサレス『モレルの発明』〔アルゼンチン〕●織田作之助『夫婦善哉』〔日〕●太宰治『走れメロス』〔日〕

一九四一年

▼六月二十二日、独ソ戦開始〔独・露〕▼十二月八日、日本真珠湾攻撃、米国参戦〔日・米〕●シーボーグ、マクミランら、プルトニウム238を合成〔米〕●白黒テレビ放送開始〔米〕●O・ウェルズ『市民ケーン』〔米〕●I・バーリン《ホワイト・クリスマス》〔米〕

●フィッツジェラルド『ラスト・タイクーン』（未完）〔米〕●**J・M・ケイン『ミルドレッド・ピアース 未必の故意』**〔米〕●ナボコフ『セバスチャン・ナイトの真実の生涯』〔米〕●V・ウルフ『幕間』〔英〕●ケアリー『馬の口から』（〜四四）〔英〕●ラルボー『罰せられざる悪徳・読書——フランス語の領域』〔仏〕●ヴィットリーニ『シチリアでの会話』〔伊〕●パヴェーゼ『故郷』〔伊〕●レルネト＝ホレーニア『白羊宮の火星』〔墺〕●ブレヒト《肝っ玉おっ母とその子供たち》チューリヒ初演〔独〕●M・アスエラ『新たなブルジョワ』〔メキシコ〕●パス『石と花の間で』〔メキシコ〕●ボルヘス『八岐の園』〔アルゼンチン〕

一九四二年

▼エル・アラメインの戦い〔欧・北アフリカ〕▼ミッドウェイ海戦〔日・米〕▼スターリングラードの戦い（〜四三）〔独・ソ〕
●ギユー『夢のパン』（ポピュリスト賞受賞）〔仏〕●サン＝テグジュペリ『戦う操縦士』〔仏〕●カミュ『異邦人』、『シーシュポスの神話』〔仏〕
●ポンジュ『物の味方』〔仏〕●バシュラール『水と夢』〔仏〕●E・フェルミら、シカゴ大学構内に世界最初の原子炉を建設〔米〕
●チャンドラー『高い窓』〔米〕●ベロー『朝のモノローグ二題』〔米〕●J・M・ケイン『美しき故意のからくり』〔米〕●S・ランガー『シンボルの哲学』〔米〕●V・ウルフ『蛾の死』〔英〕●T・S・エリオット『四つの四重奏』〔英〕●E・シットウェル『街の歌』〔英〕
●ウンガレッティ『喜び』〔伊〕●**S・ツヴァイク**『昨日の世界』、**『チェス奇譚』**〔墺〕●ゼーガース『第七の十字架』、『トランジット』（〜四四）〔独〕●ブリクセン『冬の物語』〔デンマーク〕●A・レイェス『文学的経験について』〔メキシコ〕●パス『世界の岸辺で』、『孤独の詩、感応の詩』〔メキシコ〕●ボルヘス『イシドロ・パロディの六つの難事件』〔アルゼンチン〕●郭沫若『屈原』〔中〕

一九四三年

▼九月八日、イタリア降伏〔伊〕▼十一月、カイロ会談、テヘラン会談〔米・英・ソ〕●マルロー『アルテンブルクの胡桃の木』〔仏〕
●コレット『ジジ』〔仏〕●サン＝テグジュペリ『星の王子さま』〔仏〕●サルトル『蝿』、『存在と無』〔仏〕●バシュラール『空気と夢』〔仏〕
●ドス・パソス『ナンバーワン』〔米〕●チャンドラー『湖中の女』〔米〕●J・M・ケイン『スリーカード』〔米〕●H・リード『芸術

を通しての教育』〔英〕●ウンガレッティ『時の感覚』〔伊〕●アウブ『閉じられた戦場』〔西〕●ヘッセ『ガラス玉演戯』〔独〕●マクシモヴィッチ『まだらの小さな鞄』〔セルビア〕●谷崎潤一郎『細雪』〔日〕

一九四四年

▼六月六日、連合軍、ノルマンディー上陸作戦決行〔欧・米〕▼八月二十五日、パリ解放。ドゴールが共和国臨時政府首席就任〔仏〕●カミュ《誤解》初演〔仏〕●バタイユ『有罪者』〔仏〕●ボーヴォワール『他人の血』〔仏〕●ジュネ『花のノートルダム』〔仏〕●ベロー『宙ぶらりんの男』〔米〕●V・ウルフ『幽霊屋敷』〔英〕●コナリー『不安な墓場』〔英〕●オーデン『しばしの間は』〔英〕●ユング『心理学と錬金術』〔スイス〕●サンドラール『全世界から』〔スイス〕●マンツィーニ『獅子のごとく強く』〔伊〕●アウブ『見て見ぬふりが招いた死』〔西〕●イェンセン、ノーベル文学賞受賞〔デンマーク〕●ジョイス『スティーヴン・ヒアロー』〔愛〕●ボルヘス『工匠集』、『伝奇集』〔アルゼンチン〕

一九四五年〔五十六歳〕

六月二十九日、一九一五年から一九二二年までの作品を採録した作品集『ほとんどの時間 *Plupart du temps*』刊行。

▼二月、ヤルタ会談〔米・英・ソ〕▼五月八日、ドイツ降伏、停戦〔独〕▼七月十七日、ポツダム会談（～八月二日）〔米・英・ソ〕▼米軍、広島（八月六日）、長崎（八月九日）に原子爆弾を投下。日本、ポツダム宣言受諾、八月十五日、無条件降伏〔日〕●〈セリ・ノワール〉叢書創刊（ガリマール社）〔仏〕●カミュ《カリギュラ》初演〔仏〕●シモン『ペテン師』〔仏〕●T・ウィリアムズ《ガラスの動物園》初演〔米〕●サーバー『サーバー・カーニヴァル』〔米〕●フィッツジェラルド『崩壊』〔米〕●K・バーク『動機の文法』〔米〕●マクレナン『二つの孤独』〔カナダ〕●ゲヴルモン『突然の来訪者』〔カナダ〕●ロワ『はかなき幸福』〔カナダ〕●コナリー『呪われた遊戯

場』〔英〕●ウォー『ブライズヘッドふたたび』〔英〕●サンドラール『雷に打たれた男』〔スイス〕●モラーヴィア『アゴスティーノ』〔伊〕●ヴィットリーニ『人間と否と』〔伊〕●C・レーヴィ『キリストはエボリにとどまりぬ』〔伊〕●ウンガレッティ『散逸詩編』〔伊〕●マンツィーニ『出版人への手紙』〔伊〕●アウブ『血の戦場』〔西〕●セフェリス『航海日誌II』〔希〕●**S・ツヴァイク『聖伝』**〔墺〕●H・ブロッホ『ヴェルギリウスの死』〔独〕●アンドリッチ『ドリナの橋』、『トラーヴニク年代記』、『お嬢さん』〔セルビア〕●リンドグレン『長くつ下のピッピ』〔スウェーデン〕●ワルタニ『エジプト人シヌヘ』〔フィンランド〕●A・レイェス『ロマンセ集』〔メキシコ〕●G・ミストラル、ノーベル文学賞受賞〔チリ〕

一九四六年〔五十七歳〕

アンリ・マティスの挿絵入り詩集『顔 *Visage*』刊行。

▼国際連合第一回総会開会、安全保障理事会成立▼チャーチル、「鉄のカーテン」演説、冷戦時代へ〔英〕▼フランス、第四共和政〔仏〕▼共和国宣言〔伊〕▼第四次五か年計画発表〔露〕▼第一次インドシナ戦争（〜五四）〔仏・インドシナ〕●**ラルボー『聖ヒエロニュムスの加護のもとに』**〔仏〕●H・ホークス『大いなる眠り』（H・ボガート、L・バコール主演）〔米〕●ドライサー『とりで』〔米〕●W・C・ウィリアムズ『パターソン』（〜五八）〔米〕●J・M・ケイン『すべての不名誉を越えて』〔米〕●D・トマス『死と入口』〔英〕●サンドラール『切られた手』〔スイス〕●フリッシュ『万里の長城』〔スイス〕●パヴェーゼ『青春の絆』〔伊〕●ヒメネス『すべての季節』〔西〕●S・ツヴァイク『バルザック』〔墺〕●ヘッセ、ノーベル文学賞受賞〔独〕●レマルク『凱旋門』〔独〕●ツックマイアー『悪魔の将軍』〔独〕●マクシモヴィッチ『血まみれの童話』〔セルビア〕●アストゥリアス『大統領閣下』〔グアテマラ〕●ボルヘス『二つの記憶す

べき幻想』［アルゼンチン］

一九四七年　▼マーシャル・プラン（ヨーロッパ復興計画）を立案［米］▼コミンフォルム結成［東欧］▼インド、パキスタン独立［アジア］
●ジッド、ノーベル文学賞受賞［仏］●マルロー『芸術の心理学』（〜四九）［仏］●カミュ『ペスト』［仏］●**G・ルブラン『勇気の装置』**［仏］●ジュネ『女中たち』［仏］●J・M・ケイン『蝶』、『罪深い女』［米］●ベロー『犠牲者』［米］●E・ウィルソン『ベデカーなしのヨーロッパ』［米］●T・ウィリアムズ《欲望という名の電車》初演（ニューヨーク劇評家協会賞、ピュリッツァー賞他受賞）［米］●V・ウルフ『瞬間』［英］●E・シットウェル『カインの影』［英］●ハートリー『ユースタスとヒルダ』［英］●ラウリー『活火山の下』［英］●**A・リヴァ『みつばちの平和』**［スイス］●ウンガレッティ『悲しみ』［伊］●パヴェーゼ『異神との対話』［伊］●カルヴィーノ『蜘蛛の巣の小径』［伊］●ドールス『ドン・ファン——その伝説の起源について』、『哲学の秘密』［西］●T・マン『ファウスト博士』［独］●H・H・ヤーン『岸辺なき流れ』（〜六一）［独］●ボルヒェルト『戸口の外で』［独］●ゴンブローヴィチ『結婚』（西語版、六四パリ初演）［ポーランド］●メアリー・コラム『人生と夢と』［愛］●M・アスエラ『メキシコ小説の百年』［メキシコ］●ボルヘス『時間についての新しい反問』［アルゼンチン］

一九四八年［五十九歳］

九月三十日、パブロ・ピカソの挿絵入り詩集『死者たちの歌 *Le Chant des morts*』刊行。

十月二十日、手記『私の航海日記 *Le Livre de mon bord*』刊行。

▼ブリュッセル条約調印、西ヨーロッパ連合成立［西欧］▼ソ連、ベルリン封鎖［東欧］▼イタリア共和国発足［伊］▼イスラ

エル独立宣言〔パレスチナ〕▼ガンジー暗殺〔印〕▼アパルトヘイト開始〔南アフリカ〕●サン＝テグジュペリ『城砦』〔仏〕●サロート『見知らぬ男の肖像』〔仏〕●バシュラール『大地と意志の夢想』、『大地と休息の夢想』〔仏〕●キャザー『年老いた美女 その他』〔米〕●J・M・ケイン『蛾』〔米〕●T・S・エリオット、ノーベル文学賞受賞〔英〕●リーヴィス『偉大なる伝統』〔英〕●グレイヴズ『白い女神』〔英〕●サンドラール『難航するのこと』〔スイス〕●バッケッリ『イエスの一瞥』〔伊〕●オルテガ・イ・ガセー、弟子のマリアスとともに、人文科学研究所を設立〔西〕●デーブリーン『新しい原始林』〔独〕●ノサック『死神とのインタヴュー』〔独〕●クルツィウス『ヨーロッパ文学とラテン中世』〔独〕●**アイスネル『フランツ・カフカとプラハ』**〔チェコ〕●アンドリッチ『宰相の象』〔セルビア〕●フロンスキー『アンドレアス・ブール師匠』〔スロヴァキア〕

一九四九年〔六十歳〕

十月二十日、一九二五年以降の詩集をまとめた作品集『手仕事 *Main d'œuvre*』刊行。

▼北大西洋条約機構成立〔欧・米〕▼ドイツ連邦共和国、ドイツ民主共和国成立〔独〕▼アイルランド共和国、完全成立〔愛〕▼中華人民共和国成立〔中〕●レヴィ＝ストロース『親族の基本構造』〔仏〕●ギユー『我慢くらべ』（ルノドー賞受賞）〔仏〕●カミュ《正義の人々》初演〔仏〕●サルトル『自由への道』（〜四九）、月刊誌「レ・タン・モデルヌ」を創刊〔仏〕●フォークナー、ノーベル文学賞受賞〔米〕●A・ミラー《セールスマンの死》初演〔米〕●チャンドラー『リトル・シスター』〔米〕●スタイン『Q.E.D.』〔米〕●ドス・パソス『偉大なる計画』〔米〕●キャザー『創作論』〔米〕●C・リード『第三の男』（G・グリーン脚本、オーソン・ウェルズ主演）〔英〕●T・S・エリオット《カクテル・パーティー》上演〔英〕●オーウェル『一九八四年』〔英〕●ミュア『迷宮』〔英〕●サンドラール『空

の分譲地』、『パリ郊外』［スイス］●P・レーヴィ『これが人間か』［伊］●バッケッリ『最後の夜明け』［伊］●パヴェーゼ『美しい夏』、『丘の上の悪魔』［伊］●ヒメネス『望まれ、望む神』［西］●H・ベル『列車は定時に発着した』［独］●ゼーガース『死者はいつまでも若い』［独］●A・シュミット『リヴァイアサン』［独］●ボウエン『日ざかり』［愛］●パス『言葉のかげの自由』［メキシコ］●カルペンティエール『この世の王国』［キューバ］●ボルヘス『続審問』、『エル・アレフ』［アルゼンチン］●三島由紀夫『仮面の告白』［日］

一九五〇年

▼マッカーシズムが発生［米］▼朝鮮戦争（〜五三）［朝鮮］●「カイエ・デュ・シネマ」誌創刊［仏］●イヨネスコ《禿の女歌手》初演［仏］●ニミエ『青い軽騎兵』［仏］●マルロー『サチュルヌ』［仏］●デュラス『太平洋の防波堤』［仏］●プーレ『人間的時間の研究』［仏］●リースマン『孤独な群衆』［米］●ヘミングウェイ『川を渡って木立の中へ』［米］●ブラッドベリ『火星年代記』［米］●J・M・ケイン『嫉妬深い女』［米］●ラッセル、ノーベル文学賞受賞［英］●ピーク『ゴーメンガースト』［英］●C・S・ルイス『ライオンと魔女』［英］●D・レッシング『草は歌っている』［英］●ピアジェ『発生的認識論序説』［スイス］●プーレ『人間的時間の研究』（〜七二）［白］●パヴェーゼ『月とかがり火』［伊］●ゴンブリッチ『美術の歩み』［墺］●クルツィウス『ヨーロッパ文芸批評』［独］●ズーアカンプ書店創業［独］●H・ブロッホ『罪なき人々』［独］●ハンセン『偽る者』［デンマーク］●ラーゲルクヴィスト『バラバ』［スウェーデン］●シンガー『モスカト家の人々』［イディッシュ］●パス『孤独の迷宮』［メキシコ］●ネルーダ『大いなる歌』［チリ］●コルタサル『試験』［アルゼンチン］

一九五一年

▼サンフランシスコ講和条約、日米安全保障条約調印［米・日］●マルロー『沈黙の声』［仏］●カミュ『反抗的人間』［仏］●イヨネスコ《授業》初演［仏］●サルトル《悪魔と神》初演［仏］●ユルスナール『ハドリアヌス帝の回想』［仏］●グラック『シルトの岸辺』［仏］●サリンジャー『ライ麦畑でつかまえて』［米］●スタイロン『闇の中に横たわりて』［米］●J・ジョーンズ『地

上より永遠に』〔米〕●J・M・ケイン『罪の根源』〔米〕●ポーエル『時の音楽』(〜七五)〔英〕●G・グリーン『情事の終わり』〔英〕●アウブ『開かれた戦場』〔西〕●セラ『蜂の巣』〔西〕●T・マン『選ばれし人』〔独〕●N・ザックス『エリ――イスラエルの受難の神秘劇』〔独〕●ケッペン『草むらの鳩たち』〔独〕●ラーゲルクヴィスト、ノーベル文学賞受賞〔スウェーデン〕●ベケット『モロイ』、『マロウンは死ぬ』〔愛〕●A・レイェス『ギリシアの宗教研究について』〔メキシコ〕●パス『鷲か太陽か?』〔メキシコ〕●コルタサル『動物寓意譚』〔アルゼンチン〕●大岡昇平『野火』〔日〕

一九五二年

▼アイゼンハワー、大統領選勝利〔米〕▼ジョージ六世歿、エリザベス二世即位〔英〕●ルネ・クレマン『禁じられた遊び』〔仏〕●F・モーリヤック、ノーベル文学賞受賞〔仏〕●プルースト『ジャン・サントゥイユ』〔仏〕●サルトル『聖ジュネ』〔仏〕●マルロー『想像の美術館』(〜五四)〔仏〕●ゴルドマン『人間の科学と哲学』〔仏〕●レヴィ=ストロース『人種と歴史』〔仏〕●ファノン『黒い皮膚、白い仮面』〔仏〕●F・ジンネマン『真昼の決闘』(ゲイリー・クーパー、グレイス・ケリー主演)〔米〕●フラネリ・オコナー『賢い血』〔米〕●スタインベック『エデンの東』〔米〕●ヘミングウェイ『老人と海』〔米〕●R・エリソン『見えない人間』〔米〕●H・リード『現代芸術の哲学』〔英〕●サンドラール『ブラジル』〔スイス〕●デュレンマット『ミシシッピ氏の結婚』〔スイス〕●プーレ『内的距離』〔白〕●カルヴィーノ『まっぷたつの子爵』〔伊〕●ツェラーン『罌粟と記憶』〔独〕●カラスラヴォフ『普通の人々』(〜七五)〔ブルガリア〕●タレフ『鉄の灯台』〔ブルガリア〕●オヴェーチキン『地区の日常』(〜五六)〔露〕

一九五三年〔六十四歳〕

十月十八日、詩人、ブルトン、ポンジュと鼎談のラジオ放送。

▼スターリン歿〔露〕●クロソウスキー『歓待の掟』（〜六〇）〔仏〕●サロート『マルトロー』〔仏〕●ロブ＝グリエ『消しゴム』〔仏〕●ボヌフォア『ドゥーヴの動と不動について』〔仏〕●バルト『エクリチュールの零度』〔仏〕●A・ミラー《るつぼ》初演〔米〕●バロウズ『ジャンキー』〔米〕●チャンドラー『長いお別れ』〔米〕●ベロー『オーギー・マーチの冒険』〔米〕●ボールドウィン『山にのぼりて告げよ』〔米〕●ブラッドベリ『華氏四五一度』〔米〕●J・M・ケイン『ガラテア』〔米〕●S・ランガー『感情と形式』〔米〕●チャーチル、ノーベル文学賞受賞〔英〕●フレミング『カジノ・ロワイヤル』〔英〕●ウェイン『急いで下りろ』〔英〕●サンドラール『世界の隅々でのクリスマス』〔スイス〕●デュレンマット『天使バビロンに来たる』〔スイス〕●ヴィトゲンシュタイン『哲学探究』〔墺〕●バッハマン『猶予の時』〔墺〕●クルツィウス『二十世紀のフランス精神』〔独〕●ゴンブローヴィチ『トランス＝アトランティック／結婚』〔ポーランド〕●ミウォシュ『囚われの魂』〔ポーランド〕●カリネスク『哀れなヨアニデ』〔ルーマニア〕●ベケット《ゴドーを待ちながら》初演、『ワット』、『名づけえぬもの』〔愛〕●トワルドフスキー『遠い彼方』〔露〕●ルルフォ『燃える平原』〔メキシコ〕●カルペンティエール『失われた足跡』〔キューバ〕●ラミング『私の肌の砦のなかで』〔バルバドス〕

一九五五年〔六十六歳〕

二月四日、ファン・グリスの挿絵入り詩集『天井の太陽に *Au soleil du plafond*』刊行。

▼ローザ・パークス逮捕、モンゴメリー・バス・ボイコット事件に（〜五六）〔露〕▼ワルシャワ条約機構結成〔露〕●レヴィ＝ストロース『悲しき熱帯』〔仏〕●ロブ＝グリエ『覗くひと』〔仏〕●ブランショ『文学空間』〔仏〕●リシャール『詩と深さ』〔仏〕●ナボコフ『ロリータ』〔米〕●ハイスミス『太陽がいっぱい』（フランス推理小説大賞受賞）〔米〕●T・ウィリアムズ『熱いトタン屋根の猫』〔米〕●E・ウィルソン

『死海文書』〔米〕●H・リード『イコンとイデア』〔英〕●パゾリーニ『生命ある若者』、レオネッティらと「オッフィチーナ」誌創刊（〜五九）〔伊〕●プラトリーニ『メテッロ』〔伊〕●ノサック『おそくとも十一月には』〔独〕●ツェラーン『閾から閾へ』〔独〕●エリアーデ『禁断の森』（仏語版、原題『聖ヨハネ祭の前夜』七一年）〔ルーマニア〕●プレダ『モロメテ一家』（〜六七）〔ルーマニア〕●マクシモヴィッチ『土の匂い』〔セルビア〕●ラックスネス、ノーベル文学賞受賞〔愛〕●ボウエン『愛の世界』〔愛〕●パステルナーク『ドクトル・ジバゴ』（五七刊）〔露〕●ルルフォ『ペドロ・パラモ』〔メキシコ〕●石原慎太郎『太陽の季節』〔日〕●檀一雄『火宅の人』〔日〕

一九五六年〔六十七歳〕

三月七日、手記『ばらばらで *En vrac*』刊行。

▼スエズ危機〔欧・中東〕▼ハンガリー動乱〔ハンガリー〕▼フルシチョフ、スターリン批判〔露〕●ビュトール『時間割』（フェネオン賞受賞）〔仏〕●ゴルドマン『隠れたる神』〔仏〕●E・モラン『映画』〔仏〕●アシュベリー『何本かの木』〔米〕●ギンズバーグ『吠える』〔米〕●バース『フローティング・オペラ』〔米〕●ボールドウィン『ジョヴァンニの部屋』〔米〕●N・ウィーナー『サイバネティックスはいかにして生まれたか』〔米〕●C・ウィルソン『アウトサイダー』〔英〕●H・リード『彫刻芸術』〔英〕●サンドラール『世界の果てに連れてって』〔スイス〕●デュレンマット『老貴婦人の訪問』〔スイス〕●ガリ『空の根』（ゴンクール賞受賞）〔仏〕●マンツィーニ『鶴』〔伊〕●サングィネーティ『ラボリントゥス』〔伊〕●モンターレ『ディナールの蝶』〔伊〕●バッサーニ『フェッラーラの五つの物語』〔伊〕●サンチェス゠フェルロシオ『ハラーマ川』〔西〕●ヒメネス、ノーベル文学賞受賞〔西〕●ドーデラー『悪霊たち』〔墺〕●デーブリーン『ハムレット』〔独〕●シュトックハウゼン《ツァイトマーセ》〔独〕

●マハフーズ『バイナル・カスライン』〔エジプト〕●パス『弓と竪琴』〔メキシコ〕●コルタサル『遊戯の終わり』〔アルゼンチン〕
●三島由紀夫『金閣寺』〔日〕●深沢七郎『楢山節考』〔日〕

一九六〇年［七十一歳］

六月十五日、ジョルジュ・ブラックの挿絵入り詩集『海の自由 *La liberté des mers*』刊行。

六月十七日、ソレームにてルヴェルディ死去。

▼EECに対抗し、EFTAを結成〔英〕▼アルジェリア蜂起〔アルジェリア〕●サン＝ジョン・ペルス、ノーベル文学賞受賞〔仏〕
●ソレルスら、前衛的文学雑誌「テル・ケル」を創刊（〜八二）〔仏〕●ギユー『敗れた戦い』〔仏〕●**ビュトール**『段階』、『**レペルトワール**』〔仏〕●シモン『フランドルへの道』〔仏〕●デュラス『ヒロシマ、私の恋人』〔仏〕●ジュネ『バルコン』〔仏〕●セリーヌ『北』〔仏〕●バシュラール『夢想の詩学』〔仏〕●アプダイク『走れウサギ』〔米〕●バース『酔いどれ草の仲買人』〔米〕●ピンチョン『エントロピー』〔米〕
●ピンチョン『エントロピー』〔米〕●オコナー『烈しく攻むる者はこれを奪う』〔米〕●ダレル『クレア』〔英〕●ウンガレッティ『老人の手帳』〔伊〕●モラーヴィア『倦怠』（ヴィアレッジョ賞受賞）〔伊〕●マトゥーテ『最初の記憶』〔西〕●『フェルナンド・ペソア詩集』〔ポルトガル〕●ゴンブリッチ『芸術と幻影』〔墺〕●ガーダマー『真理と方法』〔独〕●M・ヴァルザー『ハーフタイム』〔独〕●ゴンブローヴィチ『ポルノグラフィア』〔ポーランド〕●カネッティ『群衆と権力』〔ブルガリア〕●フロンスキー『トラソヴィスコ村の世界』〔スロヴァキア〕
●ブリクセン『草に落ちる影』〔デンマーク〕●ヴォズネセンスキー『放物線』〔露〕●A・レイェス『言語学への新たな道』〔メキシコ〕
●カブレラ＝インファンテ『平和のときも戦いのときも』〔キューバ〕●リスペクトール『家族の絆』〔ブラジル〕●ボルヘス『創造者』

〔アルゼンチン〕●コルタサル『懸賞』〔アルゼンチン〕●倉橋由美子『パルタイ』〔日〕

一九六二年

「メルキュール・ド・フランス」誌ルヴェルディ追悼特集号（一‐四月号）が刊行。

▼キューバ危機〔キューバ〕●ビュトール『モビール――アメリカ合衆国表象のための習作』、『航空網』〔仏〕●シモン『ル・パラス』〔仏〕
●レヴィ＝ストロース『野生の思考』〔仏〕●スタインベック、ノーベル文学賞受賞〔米〕●J・M・ケイン『ミニヨン』〔米〕●ナボコフ『青白い炎』〔米〕●ボールドウィン『もう一つの国』〔米〕●キージー『カッコーの巣の上で』〔米〕●バラード『狂風世界』、『沈んだ世界』〔英〕●バージェス『見込みのない種子』、『時計仕掛けのオレンジ』〔英〕●オールディス『地球の長い午後』（ヒューゴー賞受賞）〔英〕
●D・レッシング『黄金のノート』〔英〕●デュレンマット《物理学者》上演〔スイス〕●エーコ『開かれた作品』〔伊〕C・ヴォルフ『引き裂かれた空』〔独〕●ツルニャンスキー『流浪』（第二巻）〔セルビア〕●クルレジャ『旗』（～六七）〔クロアチア〕●ソルジェニーツィン『イワン・デニーソヴィチの一日』〔露〕●パス『火とかげ』〔メキシコ〕●フエンテス『アウラ』、『アルテミオ・クルスの死』〔メキシコ〕●カルペンティエール『光の世紀』〔キューバ〕●ガルシア＝マルケス『ママ・グランデの葬儀』、『悪い時』〔コロンビア〕●安部公房『砂の女』〔日〕
●高橋和巳『悲の器』〔日〕

一九六六年

ピカソの挿絵入りで最晩年の詩『流砂 *Sable mouvant*』刊行。

▼ミサイルによる核実験に成功。第三次五か年計画発足〔中〕●フーコー『言葉と物』〔仏〕●バルト『物語の構造分析序説』〔仏〕●ジュネット『フィギュールⅠ』〔仏〕●ラカン『エクリ』〔仏〕●キャザー『芸術の王国』〔米〕●ピンチョン『競売ナンバー49の叫び』〔米〕●F・イェイツ『記憶術』〔英〕●バラード『結晶世界』〔英〕●**A・リヴァ『残された日々を指折り数えよ』**〔スイス〕●N・ザックス、ノーベル文学賞受賞〔独〕●レサーマ＝リマ『パラディソ』〔キューバ〕●パス『交流』〔メキシコ〕●バルガス＝リョサ『緑の家』〔ペルー〕●コルタサル『すべての火は火』〔アルゼンチン〕●アグノン、ノーベル文学賞受賞〔イスラエル〕●白楽晴、廉武雄ら季刊誌「創作と批評」を創刊（〜八〇、八八〜）〔韓〕

訳者解題

二十世紀フランスの詩人ピエール・ルヴェルディは、シュルレアリスムの先駆的存在としてよく知られている。それはアンドレ・ブルトンが一九二四年の「シュルレアリスム宣言」« Manifeste du surréalisme » にて、ルヴェルディのイマージュ論を取り上げ、シュルレアリスム的イマージュの先駆的試みを行なっていた詩人と見做しているからだ。そのためシュルレアリスム関連書籍また詩的イマージュを扱う書籍には、ほとんどの場合ルヴェルディのイマージュ論が引用されている。しかし、日本ではルヴェルディの名前はそれ以外で引用されることはほとんどなく、ましてやどのような作品がどのような背景をもって成立し、どのように解釈されてきたかについてほとんど情報がなかったといってもよい。そこで、本書に収録した作品の成立した背景を詩人の伝記的側面と詩学的側面の両面から追ってみよう。具体的には、一九一〇年代のイマージュ論とルヴェルディ詩学、詩人の少年期と詩作品、カトリックへの回心とソレームへの隠遁、そして信仰生活の挫折、一九二四年『空の漂流物』と一九二五年『海の泡』といったアンソロジー出版にともなう初期詩篇の修正作業、そして一九二〇年代から晩年に至るまでの詩作品におけるルヴェルディ詩学のあらたな展開について、順を追って見ていくことにしよう。

*

一八八九年九月十三日ナルボンヌで生まれたルヴェルディが文学を志してパリにやって来たのは、彼が二十一歳のとき、一九一〇年のことである。★01 当時のパリは前衛芸術運動の熱気に満ち溢れる「ベルエポック」とも呼ばれる時代であった。文学においては、一九〇九年にフィリッポ・トンマーゾ・マリネッティの未来派創立宣言に口火を切った未来派芸術運動が始まっていた。二十世紀の初頭の産業技術の進歩によって呼び起こされた人間の感受能力を、スピード感や機械美として詩に取り込もうとする試みが行われていた。一九一二年には句読点を廃し、断片的な詩句を用いた詩作品「地帯」《Zone》がギヨーム・アポリネールによって発表される。ジョルジュ・デュアメルに雑多なものが並ぶ骨董屋のようだと厳しく批判されながらも、彼の実験的な試みは止まることはなかった。キュビスム絵画に特別の想いを持つこの詩人の試みは、一九一四年頃から、文字を線や形を構成する要素として用いた「カリグラム」へと発展してゆくだろう。一九一三年に刊行されるのは、描かれたイマージュと詩作品を一枚の縦長の紙面上に一緒に置いたブレーズ・サンドラールと画家ソニア・ドローネーの共作『シベリヤ横断鉄道とフランスの少女ジャンヌ』である。この詩作品は、冒頭から結末に向かう線状の流れが解体されて、絵画表現と混じり合いながらその全篇を紙面上に打ち出している。このように、一九一〇年代前半、多くの詩人は詩の独自性を深める探究ばかりでなく、他領域の芸術家と共同製作を行い、自動車、機械などの時代のテクノロジーを表現要素として取り入れ、詩作品を視聴覚的に広げてゆくなど数々の実験的な試みを行なっていた。また絵画領域においては、二十世紀最大の絵画潮流と言えるキュビスムが一九〇七年に誕生していた。ピカソやブラックは、新聞、壁紙などの紙片を画面上に貼り付けるパピエ・コレを実践するなど、独自手法を用いて新たなものの見方を提案していた。ルヴェルディが、文学者や画家と交友を深め、芸術的感性を磨き、文学観を確立しようとしたのは、創造的な雰囲気に満ち溢れた時代のパリである。

　ルヴェルディがオルセー駅に降り立ったのは、十月三日、秋の日差しに霞がかった朝十時頃であった。その時は南仏の明るい太陽のもとで育った彼に帰郷の念を抱かせるに十分な空模様であったという。[★02] そのような感慨に耽る間もなく、駅ではナルボンヌで幼馴染みのポール・マルテールという画家の友人がルヴェルディを出迎えた。彼の手引きによってルヴェルディは未来派画家のジーノ・セヴェリーニと知り合い、さらにセヴェリーニを通じて詩人のマックス・ジャコブと出会うことになる。この友人を通じてルヴェルディは芸術を志すパリでの生活にスムーズに入っていったのである。

当時ジャコブが住んでいたラヴィニャン通り七番のアパートのすぐ近くラヴィニャン通り十三番に、多くの画家が居を据え、キュビスム活動の拠点ともなったアパート「洗濯船」があった。一九一一年ごろ、よくジャコブのアパートに訪れていたルヴェルディは、そこでキュビスム画家ファン・グリスに出会うことになる。ルヴェルディと画家の交流は、さらにパブロ・ピカソ、ジョルジュ・ブラック、アンリ・ローランス、アンリ・マティスへ広がってゆく。ルヴェルディは同時代の作家や詩人たちとは揉め事を繰り返していたが、この画家たちとは初期から晩年にいたるまで、画家の版画が添えられた挿絵詩集という形式で共同製作が続け、良好な友人関係を保ち続けることになる。

それはまた、ガス灯が廃され電気が夜を照らし出し、乗合馬車が姿を消しバス転換されたうえで地下鉄網が本格的に整備され始めたパリでもあった。モンマルトルとモンパルナスの二つの芸術家たちの拠点は詩人の上京後まもなく開通したパリ南北地下鉄線（現在の十二号線）で結ばれ、新しい時代の表現は文字通り新しい技術がもたらした変化のなかで花開こうとしていたのだ。南北地下鉄

★01――ルヴェルディがパリに降り立ったときの状況は、『ジャン・ルスロへの手紙』、一九五一年五月の記述をもとにしている。(Pierre Reverdy, *Lettres à Jean Rousselot*, Rougerie, 1973, pp. 36-45.) 以下『手紙』と略記する〔ルヴェルディに関係する調査・研究で邦訳されているものはほとんどないため、指定がある場合をのぞいて引用文書の翻訳は本書の訳者たちによる〕。

★02――モーリス・サイエの証言（「『タランの盗人』の書評」）(Maurice Saillet, « Chronique du « Voleur de Talan » », in *Le Voleur de Talan*, roman, Flammarion, 1967, p. 164.)。

線の「南北」はルヴェルディの主宰する雑誌の名前そのものとなるだろう。しかしそれはまた愛国心とドイツへの敵愾心が高まり戦争へとひた走る時代でもあった。詩人たちですら志願して前線へ赴き、右手を失ったサンドラールが、砲弾の欠片をこめかみに受けたアポリネールが、そして無数の負傷兵が手足やときには顔まで形をなくして前線から戻ってくるなかでルヴェルディは詩人としての活動を始めることになる。

＊

本書はその第一次世界大戦終結間際の一九一八年三月に発表された『屋根のスレート』から始まっている。そこでは句読点廃止するなどアポリネールに準じた前衛的な試み、断片的な詩句を紙面上に配置してゆく「サンタックス」の実践、そしてなにより詩人の代名詞ともなったイマージュ論との反響が見出される。そこでまず詩人自身が主宰した雑誌「南北」第十三号に掲載された初期代表的詩論「イマージュ」が書き上げられた背景とその内容を確認して、この論と詩作品がどのように響き合っているのか見てみたい。

イマージュは精神の純粋な創造物である。

> それは比較から生まれることはなく、程度の差はあれ距離のある二つの現実が近づけられることから生まれる。
> かように近づけられた二つの現実のとりむすぶ諸関係が遠ざかっていながらも的確なものであればあるほど、イマージュはより多くの感動を呼ぶ力と詩的現実をもたらすだろう。（本書一一三頁）

ロベール仏語辞典の例文としても引用されるほど有名な一節を含むこの詩論は、しかしながら詩人がゼロから着想したものではない。二十世紀初頭においてフランスの詩人たちがアナロジーによる二つの詩要素の接近がもたらす詩的可能性について言及する時ルヴェルディの論と同じような表現が多く流通していた。例えばジュール・ロマンはアポリネール作品を論じながら、「極度なまでにエレガントな簡潔さによって思いがけないようなアナロジーが飛び散るのであって、その結果かくもかけ離れている宇宙の諸小片がかくも突然に互いに並置されることになる」★03と書いているし、ジョルジュ・デュアメルはイマージュについての小論で、「現実の世界においても大きくかけ離れている二つの観念は、詩人にとって秘密のそしてごく細い糸によってつながっている。つまり、イマージュは時間と空間の中で元々離れているいくつかの対象に向けられれば向けられるほど、驚く

★03——ジュール・ロマン「無媒介の詩」、「韻文と散文」誌、一九〇九年十 - 十一 - 十二月（Jules Romains, « La Poésie immédiate », *Vers et prose*, Octobre-Novembre-Décembre 1909, p. 94.）。

べきものとなり暗示的なものとなる」[★04]と記している。この二つの例が示すように、二十世紀初頭においては、遠くかけ離れた二つの詩要素の突然の接近を詩的力学として、その中に「驚き」や「暗示」などの可能性を見出していたのである。しかしルヴェルディはそうした潮流を越えて、隠喩や比較などの修辞的手法のひとつでしかなかったイマージュを詩的創造のための装置として革新的に更新することになる。

　ルヴェルディのイマージュ論の革新性を明らかにするために、従前のイマージュ概念と比較してみよう。二十世紀初頭文学においてイマージュは比喩や隠喩と同義であり、ある特定の表現対象をよりよく表現する修辞的手法として伝統的文学観の範疇に閉じ込められていた。だがルヴェルディは、「AのようなB」と表現することでAを用いてBという対象をより良く表現する修辞的表現ではなく、AとBを断片的詩要素として紙面上に並び置くことで、AだけでもなくBだけでもない、AとBを含み入れるCという新たな対象を読者の心の中で浮かび上がらせようと試みたのである。この詩人はあらかじめ意図した表現対象を、修辞的手法を駆使してより良く表わそうとするのではなく、無から有を生み出すような「創造」を強く意識しながら、「二つの現実の接近」によって喚起される「精神の純粋な創造物」こそが「イマージュ」であると主張したのである。

　上述のような「イマージュ」論の特徴が良く出ている詩作品をいくつか取り上げよう。まずは詩篇「朝方」（本書二六－二七頁）である。

影はむしろ右に傾く
　　輝いているのは金
空にはいくつもの折り目がある
青い大気
　　　　ありえないような織物
多分それはもうひとつのレース模様
窓辺に掛かる
　　　　瞼のように瞬いている
風のせいで
　　大気
　　　　太陽
　　　　　　夏
まだ到着していない

★04――ジョルジュ・デュアメル「メルキュール・ド・フランス」、一九一三年五 - 六月の書評（Georges Duhamel, *Mercure de France*, Tome 103, Mai-Juin1913, p. 800.）。

この詩作品では、まず傾く「影」が現れ、その次に「金」が現れている。「影」が生まれるのは、明け方の光線である「金」が差しこんでくるからである。ここでは「影」(A)と「金」(B)の関係が結ばれ、さらに「青」、「風」などの断片的詩句を通じて朝の清涼な風景(C)が生じてくるのである。朝の光景は決して描写されたものではないが、読者の心の中に「創造物」として立ち上がってくる。「大気」、「太陽」、「夏」などの要素は朝の雰囲気を完成させるものであろうが、結末の否定の一文「まだ到着していない」を通じてこの詩作品を包む空気は変わってくる。この後で再び全体を読み返してみると、清涼な朝の風景とは異なった風景、光に取り憑く影、青いという色が醸し出す冷たさ、風だけが通り抜ける誰もいない風景が立ち上がってくるかもしれない。後者の風景もまた、読者において更新されて現れてくる「創造物」として価値あるものである。

詩篇「文字盤」(本書一八―一九頁)においては次のように観察される。

月の上に
　　ひとつの言葉
とても高くにある文字
　　片目だったのかも

〔…〕

ここでは「月」、その上に「言葉」が重ね合わされる。それだけでは、「月」の上に刻み込まれた「言葉」のような模様（A）が見えるというだけであるが、そこに「高」さ（B）が加えられることで、一気に夜空の光景（C）へと開かれる。夜の暗さと模様を明らかにしている月の明るさ、そして奥行きを兼ね備えた夜景である。次に、「片目だったのかも」とあたかも仮想の対話者に問いかけ確かめるように、段々と何を見ているのかが明らかされていく。「言葉」や「文字」が現れるとその意味をこちら側から探ろうとするものであるのにたいして、「片目」かもしれない何かは向こう側からこちらを見つめている。「言葉」や「文字」の言わんとするところを探ろうとしても摑めない宙づり状態のうちに、誰に向けたのか判然としない問いかけをとおして、高みから見られているかもしれないという不安感とも安心感ともなり得る感慨が月明かりに照らされる夜空の光景に満たされているのだ。

ところが、現在最も手近なものとして読むことのできる『ルヴェルディ全集』やポエジー・ガリマール叢書『ほとんどの時間』では一九二五年のアンソロジー『海の泡』出版の際に修正された詩作品が採用されているが、本書で典拠とした一九一八年の初出作品とは大きく異なっている。

月の上にひとつの語が刻まれている

高みに一番大きな文字
それは片目のように潤んでいる★05
〔…〕

右に引用した詩作品（以下修正後作品と呼び、前に取り上げた詩作品を初出作品と呼ぶ）においては、断片的詩句の配置を実践していた作風とは違い、文章をもって詩句が構成されている。初出作品では「月」と「片目」は、問いかけを通じて緩やかに重ね合わされ、滲み合うようにゆっくりと浸透していったのであるが、修正後作品では「月」と「片目」が「〜のように」を通じて明確に関係付けられ、比較されている。それによりルヴェルディの描き出そうとした風景がより明確に表されているのは確かである。だが初出作品の断片的な詩句を積み上げてゆく作風とは異なり、修正後作品では構成要素が叙述の流れのなかで静的に固定されてしまい、「イマージュ」論が訴えていた「二つの現実の接近」による「純粋な創造物」が私たち読者の心に浮かび上がっているとは言い難くなってしまっている。さらには「イマージュ」論では「それ〔イマージュ〕は比較から生まれることはなく…」（本書一一三頁）と明言されていたにもかかわらず、「〜のように」が平然と用いられている。自ら提示した詩論が自らの詩作にはまるで関係ないかのようなこうした振る舞いはたしかに読者を困惑させるものではある。ルヴェルディはこうしたことへの説明をまったく拒絶し続けてもきた。

『ほとんどの時間』だけではなく修正前の初出のテクストにもアクセスできる現在、すくなくとも指摘できるのは、一九二五年のテクストは一九一八年当時の詩的力学を体現するものではなくなった、という事実である。つまり、修正後の詩作品を頼りにイマージュ論を解読しようとしても両者の繋がりは見えづらく、例えばブルトンが「シュルレアリスム宣言」でイマージュ論とともに明確に示した例、「女の顔をした象と、空とぶライオン」[★06]のように詩論と詩作品を合わせ鏡としたような例は見えてこないのだ。詩作品は必ずしも詩論の実践として捉えるべきではないとはいえ、あまりにも有名になったイマージュ論と修正後の作品の間にある乖離がなおさらルヴェルディ詩作品の読解を困難にし、読者を遠ざけてしまったところがあると言わざるを得ない。

そこで一九一八年の初出時の詩作品を紐解いてみれば、そこにはやはり一貫した詩的構想が見えてこよう。その詩的構想とは、描写して詩世界を描き出すのではなく、断片的詩句を配置して読者の心の中に詩世界を描き出させることである。つまりルヴェルディにおける「イマージュ」は、叙述のレベルではなく読者の精神において初めて統合され現れてくるのだ。この統合は、詩作品において二つの詩語に限られることなく、多様にそして重層的に関連付けられた詩語によって織り上げられる。そのようにして現れた「イマージュ」が「創造物」と呼ばれるのは、メタファーや比較などの修辞的手法の効果や現

★05――『ルヴェルディ全集I』、一六六頁。以下『全集I』と略記する。
★06――アンドレ・ブルトン『シュルレアリスム宣言　溶ける魚』、巖谷國士訳、岩波文庫、七二頁。

実にある事物事象の模倣とはまったく異なる次元にあるからだ。読者が紙面に対峙をする。複数のイマージュを関連付けた読者の精神にはそれらを総合した心象像が現れる。まさしくそこにこそ、詩人が「詩的現実」と呼ぶ詩に固有な世界が開示されるのだ。ところが、一九二五年の修正で詩作品には補足的な要素が加えられて、若干解読の手がかりが与えられたかのようではあるが、実はこうしたダイナミックな詩的生成運動は見えにくくなってしまっている。それゆえ本書では一九一八年に出版された『屋根のスレート』と『眠れるギター』の作品については、修正後のテクストが採録された『ほとんどの時間』ではなく、それぞれ初出のテクストを採用することにした。

＊

しかし一九一〇年代のルヴェルディの詩作品は、「イマージュ」論という詩学的観点からのみ読み解かれると、やや解釈の幅を狭めてしまうのも事実である。ここで提示しておきたいのは、ルヴェルディの伝記的観点からの詩作品解釈である。ルヴェルディ自身が晩年になって「このきれいな水、所有地が失われてからというもの私たちは昼も夜もこの水を夢見ていた、これは私の詩の大多数に現れている」(『手紙』四一頁) と告白しているように、彼自身がまさに生きた「生」という観点から考察すれば詩作品の解釈も進んでゆくだろう。そこでルヴェルディ自身の「生」を考察するために最も重要な『ジャン・ルスロへの手紙』から、一九五一年五月十六日付の手紙を取り上げてみよう。

　私は書いたのです、ただ一つの冒険を、続いてゆく冒険を、つまり生を、むろん固く閉ざされた、説明不可能な、最も単純ですらある生を、囚われていても熱烈なこの生を、常に覗き穴に釘付けとなった貪欲な二つの眼で。

（『手紙』二九頁）

確かに、イマージュ論を著した詩人ルヴェルディにとって、芸術の革新は重要なテーマであっただろう。だが、それよりも一人の人間として自分の「生」を理解し受け入れるために、詩作品を通じて自らを「生」を捉え直すために書いていたことも事実なのである。では彼の「生」とはいかなるもので、詩句品を通じていかに捉えなおされているのだろうか。『ルヴェルディの百年』（ルヴェルディ生誕百年の際にアンジェで行われたシンポジウムの研究発表論文集掲載）の中のロバート・V・ケニーの論文「失われた所有地から不在の母へ」をもとに描き出してゆこう。★07

　ケニーの論文には資料として詩人の出生届がそのまま複写されているのだが、そこには「父母不明」と記されており、また姓を持たずにファーストネームをアンリ＝ピエールとだけ記されている。

★07——以下ルヴェルディの幼年時代についてはケニーの調査に基づいている。Robert V. Kenny, « Du domaine perdu à la mère absente », in *Le Centenaire de Pierre Reverdy (1889-1960) : actes du colloque d'Angers*, Presses de l'Université d'Anges, 1990.

実際の母親のジャンヌは出産当時に父親とは別の男性と婚姻関係にあった。しかし夫であるその男性は数年前にアルゼンチンに出かけたまま戻らず、その婚姻関係は破綻していたのだった。そうした状況で生まれてきたこの子を戸籍上は認めないまま、母ジャンヌは出生から数年はナルボンヌで、その後はトゥールーズで育てた。ルヴェルディは、実際に母とともに暮らしていたが、公には父も母もなく、姓もなく、六歳まで生きることになる。一八九五年にルヴェルディを認知したのはアンリ・ルヴェルディであり、一八九七年には、すでに前夫との離婚が成立していたジャンヌと正式に結婚することになったのである。だが父はこの結婚以前にも、度々息子に会いにナルボンヌからトゥールーズまで来ていたという。

このようにルヴェルディの「生」には生まれながらの欠如が刻まれていた。しかし幼年期になるとルヴェルディの欠如を補ってゆくものが二つあった。一つは父の存在である。

私はとても多くを父に負っています。彼は特筆すべき存在で、私などその影に過ぎないほどです。きわめて知的で寛大、生に対して驚くほどの胆力で挑んだ人です。〔…〕私に信頼を、ほんの僅かな証拠で与えてくれた最初の人なのです。

（『手紙』五〇頁）

公に認められていなくとも、また何も言わずとも息子はよく会いに来る男を父親だと認めていただろう。そして父の認知はルヴェルディに大きな心の安定を与えてくれただろう。父への想いは、信頼感を通り越して、ほとんど崇拝に近くなっている。父との交流のなかで幸せな時間を過ごしたルヴェルディは、生まれながらの欠如を補って、自分がまさに此処に生きている充溢感を感じて過ごしていたに違いない。

もう一つは、ルスロへの手紙で述べられる「自然への愛」である。

自然、自然への愛、これこそが私の印だったのです。私の父の夢であり私たちの楽園であったこの農地の中で、私は自然と愛を取り交わしました。そこで私たちは、子供ながらに自由に生きていました——動物のように——ほとんど裸で動物に囲まれて、使用人の子供達、農民の子供たち——そして私の両親が招いた何人かの友達と一緒に。カルカッソンヌの近く、黒い山脈の麓で、土地は樹木で覆われ、涼しく、緑多く、急流からやっと穏やかになった水流が流れている、そういったところです。

（『手紙』三一頁）

「楽園」と呼ばれたこの地はラ・ジョンクロールという農地のことであり、父がぶどうを植えて育てるために買った所有地である。ルヴェルディはこの農場で「自然への愛」を養い、同年代の子供たちと遊んだ思い出をつくった。「動物」のように「ほとんど裸で」自然と直接的に接する少年は、その身体で、その肌で自然と深く直接的に結びついている充溢感を得ていたはずだ。

このようにルヴェルディの「生」には幼少期に刻まれた二つの側面がある。一つは、公に父母も姓も持たず、自分の帰属する場のないアイデンティティを持たない子として育ったことである。その不安感は詩人の作品において常にどこかで響くものとなるだろう。もうひとつは、自分のことを認めてくれた父への愛と父の所有地にて自然への愛に満たされて、自分がまさに此処に生きていると確信しながら、生れながらの欠如の状態を補う充溢した時期を過ごした幼年期があったことである。

*

ルヴェルディが父親とともに充溢的な幼年期を過ごしたラ・ジョンクロールは一八八七年にピエール・ルヴェルディの父アンリ、祖父ヴィクトール、叔父レオンが共同で購入した地所であった。一八九一年にアンリは他の共有者から持ち分を引き受け、この土地の単独所有者となった。だが、この「楽園」での幸せな時期は長くは続かなかった。二十世紀の初頭のワイン価格の崩壊によって、アンリの事業は経済状況が悪化し、一九〇七年にはこの所有地を売り渡してしまうことになるだろう。ピエールが幸せな幼年期をラ・ジョンクロールで過ごしたのは一九〇一年以前のこと、せいぜいのところ十二歳になるかならないかのころまでであった。ルヴェルディは自分がまさに此処に生きているると確信できる場所を失い、また欠如の状態を抱えたまま生きることになったのである。

もうひとつのルヴェルディの充溢感の源泉、それは父アンリを中心とした家族との暮らしであろう。だが一八九七年にやっと結婚したばかりの父母は、その後一九〇一年に離婚してしまう。そしてさらに、一九一一年に父アンリが亡くなってしまう。ルヴェルディは一九一〇年にパリに出てきているが、そのすぐ後の出来事だった。父の死の衝撃について、何十年もの間沈黙を貫いていたが、後の手記『私の航海日誌 *Le livre de mon bord*』（一九四八年）においてその衝撃を述べている。

私は虚無という病的な固定観念に悩まされ、取り憑かれていた。その観念に、私は二十歳の時に出会った。私が親しさを得た人々の中で一番親しかった人を突然失ってしまったその時である。私の目には知性と生命を具現化した人物であった彼が、依然として微笑みを浮かべながらも、硬く、冷たく、永遠に黙して、突然横たわっているのを私は見ていたのだった。この観念は、二十年もの間、絶えず私の精神を蝕み続けていた。この事実が私には本当のことと思われず、この結末を認めたくなかった。私は恐ろしい移行の瞬間のことを考えていた。有形から無形への恐ろしい推移、肉体的存在から虚無への信じられぬ滑走。

（『全集II』七五一頁）

父はルヴェルディがまさに生きている感触、実感、充実感を与えてくれる存在であった。その父は、今や何の呼びかけに応じず、ただ横たわるだけの硬い物体となってしまった。この出来事はルヴェルディに大きな喪失感を刻み込むことになる。あまりにも偉大な存在の喪失、それは埋め難い欠如の念となって彼に覆いかぶさってくるのだ。

このようにルヴェルディには、名前も父母も持たない子供として生まれながらの欠如があった。だが幼少期にはその欠如は補われ充溢的瞬間を味わう「自然」と父の存在があった。だが、「自然」も父もすぐに喪失し、彼にとっての充溢感の源泉は失われてしまう。欠如と充溢が刻み込まれたルヴェルディの「生」は、例えば、詩篇「天窓」（本書二〇－二一頁）に読み取ることができる。冒頭のテーブルの周りは、暗く冷え冷えとした静寂が支配する場所であるが、其処に暖炉の炎のようなものであろうか、灯が点り、輝きが訪れる。そこには家族の集う場であり、窓ガラスを通じて祈りを捧げているような家族が絵画のように浮かび上がってくる。しかしここには、光を中心とした家族の暖かみに属さない存在があらわれる。「寒い」と漏らした誰かが、「ため息」をついた誰かが、「留まらねばならない」誰かが、家族の暖かみに属さず「窓ガラス」越しに見ている誰かがいるのだ。その誰かは、光の恩恵に与かることができず凍えているが、それでもそこに留まることを望んでいる詩人その人である。幼年期の家族の記憶の断片が積み上げられた場が描かれながら、詩人のつぶやきはこの場には異物のように組み込まれる。父なき今は過去の充溢的な光に包まれた場に詩人は属することはできない。そこで彼にできることは影のなかで寒さに凍えながら傍観することだけである。父の死によるこのような欠如は、この他の多くの詩に刻まれている。ルヴェルディの初期詩篇は、イマージュ論からの解釈だけでなく彼自身が生きた「生」の観点から読んでゆくことで多様な詩作品の姿が浮かび上がってくるのだ。

*

本書では『風の泉』（一九二九）に収められた作品から一九二〇年代のルヴェルディに焦点をあてている。この時代に彼に起きた出来事を確認しておこう。まず詩人の主宰する「南北」誌は一九一八年をもって休刊し、アヴァンギャルドの最前線は後のシュルレアリストたち、アンドレ・ブルトン、ルイ・アラゴン、フィリップ・スーポーらの「リテラチュール」誌へと移行していく。その後、詩人は一九二一年に洗礼受け一九二六年にサルト県サブレ＝シュル＝サルトに近いソレームへ隠遁することになる。彼はその地に移住し、サン・ピエール大修道院の在俗献身者として暮らすのである。まず一九二一年のルヴェルディの洗礼には、詩人マックス・ジャコブの影が見られる。ジャコブは、ルヴェルディのパリでの生活が始まってから、文学の先輩でありライバルとして反発や羨望を伴いながらも活発な議論を交わす相手であった。スタニスラス・フュメは「ルヴェルディに、孤独を好む傾向があったとしても、マックス・ジャコブの話は真剣に聞いていた。終戦からサン＝

ブノワへの出発までの数年間、彼らが話していのは、多く宗教の話題であったに違いない」[★08]と詩人の回心にあたってはジャコブの影響が強かったことを指摘している。

　だがルヴェルディの回心は、ただ単にジャコブに感化されたからではない。詩人の内的欲求から神を求めたのである。この問題についてケニーは別の論文で「同一化への強迫観念」と「死への強迫観念」の二つのポイントを挙げている。[★09]詩人の同一化の対象は一つには「父」の存在がある。ルスロに宛てた手紙に「彼は私のモデルでした」(『手紙』五〇頁)と書いたことからも、ルヴェルディにとって父は理想的な人物であり、同一化の対象であった。また、もう一つの同一化の対象は「楽園」での生活である。「楽園」が郷愁を強く誘うものであったかは先ほど見たとおりだ。ところが「父」はすでに亡くなり、「楽園」もとうの昔に失われている。主宰する雑誌「南北」による芸術の革新という理想も道半ばで頓挫し、形而上的な極点にむけて同一化しながら「的確さ」を得ようとする発想そのものについて無効を宣言するかのようなシュルレアリストやダダイストたちが前衛の舞台を占めていた。そうしてルヴェルディは同一化の対象を失い、大切な場所は空位となってしまった。その場に「神」が収まったということは十分に考えられるのではないだろうか。

　しかしながら、「神」を求めて移住したソレームで出会ったのは、修道士であり、司祭であり、信心家であり、物見遊山に耽る観光客となんら変わるところのない巡礼者たちであった。つまるところ、宗教という枠組のなかでの信仰生活に彼は幻滅と深い失望を覚えたのだ。[★10]この体験を振り返って彼は、手記『私の航海日誌』にて次のように述べる。

> 神に向かって行き給え、そうすればあなた平穏を得られるだろう。私はそれが嘘だとは言わない。なぜなら、おそらくは、平穏だけを求め、他所よりもそこで平穏を見出す人たちがいるからだ、実際に。
>
> その上言っておかねばならぬが、他所でも全く同じようにそれを見出す人もいる。ともかく私にはそこで平穏を見出せなかった。私が求めていたのは平穏ではなく、ただ真実であった。〔…〕それから〔父の死から〕何年も経った後に、ある日私は多くの人が引き込み線でしかないと考えているような一本の道に向かった。私にとって、それは新しい戦いの道であった。私は、自分の力が及ぶかぎりの極点においてすばらしく生き生きとしている光を見出した。だがそれは火のように燃えているのだ。
>
> （『全集II』七五一頁）

★08――スタニスラス・フュメ、『ピエール・ルヴェルディの詩学』、三九頁（« Mortimer Guiney (Stanislas Fumet), *La poésie de Pierre Reverdy*, Librairie de l'Université Georg et C, 1966, p. 39.)。

★09――ケニー、前掲書、「失われた所有地から不在の母へ」、四〇一頁。

★10――詩人が覚えたであろう幻滅と失望については、イヴ・コッソンが「精神的体験、詩的体験」で詳しく論じている（Yves Cosson, « Expérience spirituelle, expérience poétique », in *Le Centenaire de Pierre Reverdy (1889-1960) : actes du colloque d'Angers*, Presses de l'Université d'Anges, 1990.)。

ルヴェルディがここで告白しているのは、信仰を通じて真実も平穏を得られなかったことである。この記述をもって、彼は宗教生活を放棄したと見做されることもある。しかしそれは「神」を求めたことを詩人が否定したということではない。平穏を与えるとされる宗教から離れこそすれ、ルヴェルディが求め続ける「真実」のうちに「神」の存在があらわれることは、手記『私の航海日誌』やその後の手記においても読み取ることができる。むしろ、形而上学的な超越性に身を寄せることで価値を支えようとする姿勢はアンビバレントな形でも雑誌「南北」の論考から手記『毛皮の手袋』に至るまで読み取ることができる。そうしたことがらへの挑発や拒絶を手段としたダダイストやシュルレアリストとは一線を画し続けたが故に詩人は芸術の前衛から身を引いたともいえる。ここで確認できるのは、彼は制度や教義としてのカトリシズムに接近し回心したものの、帰依し続けたわけではないことだ。さりとてマックス・ジャコブのように隠遁生活を絶ちパリに戻ることもなく終生ソレームに留まり続けたあたりに詩人の立ち位置がよく現れているのではないだろうか。

こうした「神」への希求と信仰生活への幻滅の振幅の間に宙づりにされたまま「平穏を見出せない」という苦い認識のなかであらわれるのが「新しい戦いの道」である。それは、詩人が「引き込み線」という表現を用いているように、どこまでも続いていくかのような本線ではなく、ただちに車止めに行き当たる印象しか与えない脇道である。しかし詩人はあえてそこに入っていく。詩人が真に信じることができるものはそこにしかなかったからだ。「神」への信仰へと進んだのは、満たされることのない絶えざる欠如が彼の内にあり、新しい芸術を創り出すことでそうした実存的な苦しみが解消へと向かうといった展望が一度は失われたからに他ならない。ところが、パリを離れ純度の高い信仰生活の中で見えてきたのは、人間的な次元から離れるどころか引き戻されるかのような卑近な事態の連続であり、根源的な不安をもたらす欠如を埋めてくれるものではなかったのだ。後にルヴェルディは「詩とは、人の心の中で、空虚を埋めることのできる代替物を創るためにある」（『全集II』一二五二頁）と書くことになるだろう。たとえ「代替物」でしかないとしても、目的が達成される可能性が極端に低いかもしれなくとも、流派を形成し他の芸術家をまとめ上げるようなことができなくとも、つまり「引き込み線」でしかないかもしれないとしても、やはり苦しみの源泉にある欠如は詩作によって充当されるべきものだったのだ。事実、回心以降の一九二一年の詩集『描かれた星』から一九二九年の詩集『風の泉』、同年の詩集『ガラスの水たまり』に至るまで、カトリックへの回心とその断念へといたる道筋はルヴェルディをして詩を諦めさせるどころか、より豊穣な創作活動をもたらしかのようにすらみえる。そこで詩作品から得られる充溢感は時に「すばらしく生き生きとしている光」を彼に与えてくれたはずである。このようにしてルヴェルディは、アヴァンギャルドから後退しカトリックに帰依した詩人というイメージを裏切るかのように実り豊かな時期を迎えることになる。

＊

一九二〇年以降の詩作品には、以前はルヴェルディの特徴的な作風であった断片的詩句の配置が少なくなる。以前とは異なる書き方、例えば詩篇「より清らかな血」（本書三八－四〇頁）では、一部分は「サンタックス」と呼ばれる断片的な詩句を配置し、後半では韻文を用いるという混合的手法を用いている。「さらに愛を」（本書四四－四五頁）や「いつも愛を」（本書四六－四七頁）の二つの詩篇では、基本的には一定の音綴を保ちながら詩作品を構成している。一九一〇年代の『屋根のスレート』に見られる無駄を極限までそぎ落としながらある一場面を彫琢していくかのようなスタイルから、ある場面から別の場面へと展開し寓話的内容を持つような比較的分量のある韻文詩や散文詩へと変化する。このような変化は詩人の回心とほぼ並行して起きているのだが、まずは詩学的観点から検討してみたい。

まず雑誌「ジュルナル・リテレール」に掲載されたバンジャマン・ペレとの対談記事「ピエール・ルヴェルディは私に語った…」« Pierre Reverdy m'a dit que... »を見てみれば、ルヴェルディはペレに対して次のように語っている。

ここ数年、私は知的な幻滅を多く味わったのですが、その中にありながらある喜びをひとつだけ得たのです。それは『屋根のスレート』と『眠れるギター』のほとんどの詩を修正することです[★11]。

この当時、詩人と読者の関係は良好なものではなく、ルヴェルディは自作品の読者に対する不信や失望を隠すことはしなかった。読者との冷えきった関係については、例えば、一九一九年にルヴェルディの詩が朗読されたマチネの報告文に「朗読者の熱情にもかかわらず、あの部屋は寒々とし固まってしまった[★12]」との記述があるほどだ。ルヴェルディの詩作品は、まず読者の「精神」に訴え、読者の「精神」から浮かび上がる「イマージュ」に価値がある。読者は、詩人ルヴェルディが提供する「イマージュ」を受け取るだけなく、自分自身で「イマージュ」を生成しなければならない。だがルヴェルディは、詩作品に対応する読者の「精神」が不在であると感じ、読者との関係に希望が持てないと感じていた。それは『眠れるギター』の詩篇「現在の精神」（本書三三－三五頁）にあらわれる「水平線」から読み取れる。「水平線」は此処ではない向こう側が存在することへの期待感を生み出すものでありな

★11――バンジャマン・ペレ「ピエール・ルヴェルディは私に言った…」『南北、セルフ・ディフェンス、詩と芸術についてのその他著作』、二二九頁（Benjamin Péret, « Pierre Reverdy m'a dit que... », in *Nord-Sud, Self Defence et autres écrits sur l'art et la poésie*, 1917-1926, Flammarion, 1975, p. 229.）。

★12――エティエンヌ＝アラン・ユベール「一九一九のルヴェルディ」『詩の状況』から引用（Étienne-Alain Hubert, « Pierre Reverdy en 1919 : La découverte des « hommes inconnus » », dans *Circonstance de la poésie*, Klincksieck, 2009, p. 141.）。

がら、決して越えることができない限界を突きつけもする両義的なものとしてあらわれる。詩人がその両義性のなかで、つまり「あまりに重くのしかかる」すべてに耐えながら「遠ざかってゆく水平線を」思うなかで天変地異に近いような情景が詩人の目には映るのだが、詩の結語に至って「背後に人々は何も見ていない」という絶望に近い認識が明らかにされる。読者との関係が結ぶことができないという失意がそこに読み取れるのではないだろうか。その結果、上述したようにルヴェルディは、一九二二年から一九二四年の間に、詩集『屋根のスレート』や詩集『眠れるギター』の多くの詩作品の修正を行うことになる。この修正作業により、ルヴェルディ作品の詩的創造の可能性の中心であった紙面上の空白はほとんど埋められ、断片的な詩句の多くはつなぎ合わされて文章となり、あたかも最初からこのような体であったかのように一九二四年のアンソロジー『空の漂流物』や一九二五年のアンソロジー『海の泡』として世に出されることになる。普及版となった一九四五年の作品集『ほとんどの時間』にも修正後のテクストが収録されることになるだろう。しかし、この修正作業が単に読者の要望に迎合したものとは受け取りがたいのは、こうしたいわば散文化が必ずしも読者の獲得を目指しているようには見えないからだ。果たしてルヴェルディはこのように散文化することで、本当に「喜び」を得たのだろうかと問わざるを得ないのだが、詩人は書きものとしてはおろか、口頭でのインタビューですらこれ以外に一切のコメントを残していない。ルヴェルディの後半生の作品集『手仕事』が出版された一九四八年、イタリア人学生のエンマ・ストイコヴィッチが詩人の作品全体についての博士論文を書くために手紙でコンタクトを取り手許に資料があるかどうか尋ねたのだろう、詩人の答えは「文献資料部分については貴方を手助けできなかったことを残念に思います。すべて私に落ち度があります。資料保管能力をいささかも持ち合わせていない私の手許には私について書かれたどんなものも残っていないのです」(一九四八年十二月十八日付エンマ・ストイコヴィッチ宛書簡。『全集II』一二九七頁)というものであった。そこには詩人のいかなる判断も読み取ることができない。

しかしながら、もしルヴェルディが以前の詩作品の修正作業を行ってゆく中で「喜び」を得たとすれば、それはイマージュ論の詩的力学とは異なる新たな詩的力学を見出していったからと考えることはできる。この詩的力学については、本書に収録した詩論「抒情」において読者と作品との接点で生じる力学としてまずは以下のように提示される。

もっとも感じやすい点において魂にたった一回触れること、それが受け手の心を動かしうるのだ。その衝撃は当初あるかないかの程度にしか感じられないが、しかしそこから情動が広がっていき、かさを増し、輝きを放ちはじめるかもしくは感受性のすべてを征服することになろう。それも突然に。

(本書一一七頁)

さらに一九二六年の手記『毛皮の手袋』では、「抒情」の力学は表現する者や表現を受け取る者の内面に留まらないのだ。

抒情とは堅固な感性と現実が接触した衝撃でほとばしる閃光である。しばしば閃光がなく衝撃だけが起こる。少なくとも二つのうちの一つが柔らかいと、なにもほとばしり出ない。

（『全集II』五五八頁）

詩人の内面性を言葉として再現する十九世紀のロマン派的抒情を踏み越えて、実世界における事物事象の奥底にある力と詩人の感性との出会いの衝撃から輝きながら噴き出し広がってゆく力、それこそがルヴェルディの新しい詩的力学としての「抒情」である。イマージュ論では「二つの現実」あいだにある関係性が「遠ざかっていながらも的確」であるからこそ「感動を呼ぶ力と詩的現実」をもたらすとされていた。それが今や「現実」と「感性」が出会うこと、それがどんなかすかなものであっても決定的な「衝撃」を生み出すこと、そこに詩的力学の中心が置かれるようになったのだ。そのことに深い共感を寄せているのが、クレオール作家として知られるエドゥアール・グリッサンである。グリッサンはルヴェルディの『毛皮の手袋』の一断章――「自然は自然であり、自然は詩ではない。自然が幾人かの人々にもたらした反応こそが詩を作り出すのだ」（『全集II』五四四頁）を引用しながら、ルヴェルディが「抒情」という言葉で表そうとしていたダイナミズムをこのようにパラフレーズしていく。

それがために幾人かの人々は世界の諸力との間に緊密な接触を打ち立てることを（それを灯りそのものとすることを、もしくは明らかにすることを）夢見るのだ。諸力と言っても宇宙から来る何かであったり、万物が自らの力を一気呵成に解き放つといったことではなく、ひとつひとつの事物のうちに自らを完結させるつつましくも執拗にあり続ける精気の流れのことである。人間がこのような接触を引き起こしたいと欲することができる（本質現実《レエル》がその濃密さを突きつけてくるとしても）のは、ルヴェルディによれば自然が自らの単純な真実によって精神に照応するからである。

（本書一五六頁）

グリッサンにとって、ルヴェルディの詩がもたらす力の源泉には「自然」の「事物の内」にある「つつましくも執拗にあり続ける精気の流れ」との出会いがある。グリッサンがかすかに仄めかしているように、「精気の流れ」との出会いとは、ルヴェルディが時に「現実」と言い、時に「深い現実」と言い、本書に収録した詩論「詩と呼ばれるこの情動」（本書一二二－一四八頁）で強調される「本質現実《レエル》」★13

★13——ここで「本質現実《レエル》」と訳出している単語は「現実的な」という形容詞の名詞化用法である。本来ならば「現実的なもの」を総称するこの用法をルヴェルディは自らの詩学の上位概念として用いている。「詩と呼ばれるこの情動」の本文（一二二－一四八頁）とその解説（一四九－一五七頁）もご参照いただきたい。

との接触に他ならない。そこでグリッサンの表現に従うならば、「世界の諸力との間に緊密な関係を打ち立て」、それを「灯りそのものと」するだけではなく、「明らかにする」ことがルヴェルディの中心的営みになってゆくのだ。こうしたルヴェルディ詩学の進展は、作品としての詩を創り出すことにとどまらず、世界に対する問いを発し続けながらその答えそのものではないかもしれないが、手がかりとなる要素を数々の断章として日々書き続ける営為へとつながっていく。本書では収録できなかった『毛皮の手袋』や『私の航海日記』といった一連の手記において、芸術家が対峙すべきものや芸術作品を創るにあたって扱うべきものを対象化する作業が続けられていたということになるだろう。

　ところで、「抒情」論において「閃光」といった言葉で想起させるのは、内部世界と外部世界の和解や調和したかのような肯定的な何かである。しかし、実際の詩作品にはそうしたことはほとんど現れてこない。詩篇「自由の種」では、「鏝《こて》で形づくられた努力、不幸、ため息の重さで潰されてうめき声をあげる世界」（本書五〇頁）とあるように、溢れ出てくるのは「ため息」であり、それは物質性を得て「鏝」でもられて、世界に重たくのしかかってくる。あたかも外部世界と幸せな関係を取り結べずに漏らした「ため息」がさらに詩人を苦しませているようである。詩篇「流れ星」の一詩句では「心と思考の街道はあらゆる棘によって穿たれていく。〔…〕これらのページは泉を映す疑り深い鏡となり、私は自分の姿をそこに認められずにいる」（本書五五頁）とある。ここでは「棘」

の鋭さに傷つけられて、もはや以前の自分であるとは認識できなくなっている「私」がいる。まるで「本質現実《レエル》」の暴力的な力に打ちのめされ、いやむしろそれ以前に「精気の流れ」にみちた「本質現実《レエル》」を覆う厚い層に妨げられて苦しみ傷つき絶望する詩人の姿のようだ。たしかに、この時代のルヴェルディ作品に起きた大きな変化は、詩人が世界との出会い、詩作品を生み出してゆく詩的体験に着目し、抒情論で述べられるような「現実」との出会いが重要なテーマのひとつとなったことである。だが実際の詩作品において内部世界と外部世界の和解や調和が起きているというよりも、外部世界は詩人を寄せ付けず、詩人はその結果苦しむという結果が起きている。

　そうした一九二〇年代のルヴェルディ作品を読むにつれて、内部世界と外部世界が和解し調和し両者融合した幸せな現れというより、「現実」との出会いを求める探求がまさしく詩作品上で行われているような印象を覚える。例えば詩篇「いつも愛を」（本書四六－四七頁）では「君」を求めての「私」の奔走が行われるのであるが、この「君」は見つからず最終的に空疎なものであることが明らかになる。詩作品では、この目的物との出会いの結果が紡がれるというよりは、この探求の過程、この探求が頓挫するまでなど、この「探求」自体が描かれる寓話的な作品となっている。この「君」とは、詩論で言われた「現実」であるかもしれないが、この当時彼自身が信仰をもっていたように「神」であるかもしれないし、また以前のように相変わらず「父」や「楽園」でもあるかもしれない。彼自身にかけがえのないものが入れ替わり居座る空白の中心を巡っての探求とも言えるのである。

このような詩作品では、探求それ自体がテーマとなって冒険譚のような相が浮かび上がってくる。この冒険では、ルヴェルディが「現実」と呼ぶもの、また詩人が探し続けるものとの出会いの喜びが充溢的瞬間として固定されるのではない。探求が頓挫してしまったがゆえの、また大切なものとの出会いが成就しなかったゆえの当惑、挫折、諦めが外部世界の諸要素と混じり合い詩風景として次々と生み出される。このような探求は一九二七年、一九二八年の詩作品によく見られ、主に「クロニック六——ロゾー・ドール」誌に掲載された探求の詩作品群「自由の種」、「愚かさの鞘」、「忘却の標石」、「流れ星」、「すぐ近くのドア」、「魂の不滅なる白い砂漠」、「美で満ちた頭」などを生み出してゆく。とりわけ「魂の不滅なる白い砂漠」から「美で満ちた頭」の流れは、挫折とほんの少しの成功、絶望と希望の繰り返し、逡巡、諦めと受け入れといったこのルヴェルディの詩的営みの進展と深まりが見出せる内容となっている。ルヴェルディがいかなる過程を経たのかを一連の経験として私たちのものにできる詩篇群といえるだろう。

「クロニック六——ロゾー・ドール」誌に掲載された詩作品の一群は、僅かな修正を加えられて一九二九年の詩集『ガラスの水たまり』に再録されている。ところが、奇妙なことに一九四五年のアンソロジー『ほとんどの時間』が一九一二年から一九二二年までの詩作品収録および一九四九年の『手仕事』が一九一三年から一九四九年までの詩作品収録とあり、あたかも一九一三年から一九四九年までのルヴェルディのすべての詩作品全体を収録したような体で刊行されているにもかかわらず、一九二九年の『ガラスの水たまり』はそこに収録されていない。なぜこの詩集は、ルヴェルディの代表的なアンソロジーに収録されなかったのだろうか。いつものごとくと言いたくなるほどに、そのことについて詩人は完全な沈黙を守る。あたかも『ガラスの水たまり』そのものが存在しなかったかのように。しかし、否定も肯定もふくめて詩人が言及していないことが詩人にとって本質的なことだったのではないか。いずれにせよ、『屋根のスレート』や『眠れるギター』の静的緊張感と見事な対照をなす「クロニック六――ロゾー・ドール」誌の作品群のダイナミズムは一九二〇年代におけるルヴェルディ詩学の一つの到達点として捉えることができるだろう。

*

『ガラスの水たまり』をはじめとした詩篇群に見られるルヴェルディ詩学の新たな展開は、前節で見たような「現実」との出会いをめぐる冒険譚としてのダイナミズムだけではなく、さまざまなモチーフの取り扱いのレベルでもはっきりと現れてくる。とりわけ「心臓」と「血」のモチーフにその顕著な特徴を見ることができる。「心臓」というモチーフ自体は、一九一六年「六人のグループ」と題されたソワレの際のプログラム『六つの詩』に挿入された詩作品「セントラル・ヒーティング」（本書四一－四三頁）にはじめて登場した。そこで「心臓」は、世界を照らし暖かみを与えている「太陽」と同一視され、「君」は家族を照らし出し暖かみを与える父であると解釈される。「太陽」＝「心臓」のモチーフが描き出すこの世界観はしかしながら一九一〇年代の詩集には取り入れられず、一九二九年に書き下ろしたかのように『風の泉』に収録されることになった。

というのも、一九一〇年代にすでに現れているとはいえ、「太陽」＝「心臓」のモチーフが本格的に展開するのは一九二〇年代の後半を待たねばならなかったからだ。一九二九年の『ガラスの水たまり』に収められた詩篇「翼の先端」(本書四八頁)において、「血」は「光」に浸透し、「心臓」は「太陽」と同一視されている。「心臓」は身体に「血」を体に送り出した時のように、事物に温かみを与え活気をもたらし、世界を再生させている。ここでは「光」と「血」が浸透し、「太陽」と「心臓」が重なり合って、朝日と希望に満ちた詩世界が現れ出ている。詩人の心臓から、希望を「血」に託して、「光」と交感させ世界に向けて投射する。暴かれたこの世界は、詩人の内在性と事物が混合した詩世界なのである。ここで「血」は、「光」と混じり合い浸透して世界と身体に温かみ、活気、希望をもたらすのである。

詩篇「魂の不滅なる白い砂漠」(本書五九‐六一頁)では「血」の両義的性格が明らかになる。まず冒頭において、「血」というモチーフは、「愛」と「私」の関係の破綻、失敗、痛み、苦しみを表している。次に目の前にひろがってきた白い「砂漠」は、貴重な思い出と白い砂の融合した物質感のある記憶の堆積であり、そして、体から白い砂が零れ落ちた人たちが彷徨う世界である。「血」が表す痛み苦しみを通り過ぎた後の白々とした世界は強い存在感を放っている。「血」は「私」が「愛」とのかかわりから被った痛みを表し、この痛みから脱したと思われたときに「白い砂漠」という詩世界を生み出したのである。だが「私」は、すべてが浄化されたかのようなこの「白い砂漠」と同化するのではない。「私」の中に「ほとんど白い後悔」という白くなり切れなかった要素が残されているからだ。そこから、「私」の「血」は、失望、苦痛、絶望を表す西側から差してくる山の稜線を金色に縁取る「光」と同調してゆく。その「金」色に輝く光は、静脈の中に入り込み、血と混じり合い、体中を駆け巡る。「金」は、もはや光なのか血なのか判別できなくなるまで、深く浸透し、そして指先から滴り落ちる。その結果、「金」であり、「水」であり、「血」であり、「喜びの涎」であるものが生み落とされる。「血」と「光」が描いた軌道は「自由のレール」であり「愛の優しい光」である。このように「血」というモチーフは、大切なものとの関係の破綻、失敗、痛み、苦しみを表明すると同時にほんの僅かな幸せな調和を果たすために重要な役割を担っている。

詩篇「魂の不滅なる白い砂漠」において、「血」は「光」と持続的には交感できずに、深い浸透があったそのすぐその後に泡立ってしまい、もはや「光」とは交感できない墓標となり、惨めさ、貧しさを表す残滓となってしまった。だが「血」のモチーフは「泡」となって終わるのではなく、詩篇「美で満ちた頭」(本書六二－六三頁)において引き継がれ、再び運動を始める。この詩作品では、「君…、君…」という頭語反復や擬人法といった華々しいとすら感じられるレトリックがふんだんに用いられているが、「君」の指示対象そのものは詩のなかで明確に明かされることはない。それは、常に感じているがなかなか見出せないもの、近くにありながら隔絶されているもの、それらを「君」と名付け、その「君」へ語りかけることそのものが、作品のダイナミズムを構成している。つまり、「君」への呼びかけそのものが移ろいゆくものを移ろいゆくものそのものとして据えるためのひとつの仕組みとして機能しているのだ。

この「血」と「心臓」のモチーフは上記の例のようなはっきりとした姿を現さないまでも詩のダイナミズムを支えている。一九三五年の『屑鉄』に収められた詩篇「季節の翌日」(本書七五－七七頁)の末尾にあらわれる「私の掌の中にただ情愛の灰／あるいは愛の塩／乾ききったパンと硬くなりすぎた心」という詩句である。ここで掌に残るのは血の「泡」のように、何かを激しく求め、燃え上がり、その試みが終わった後の残滓としての「灰」である。「塩」や「乾ききったパン」が潤いをより排除するこの「掌」は、しかしながら完全に否定的な相をまとってはいない。「灰」には「愛撫」が、「塩」には「愛」が濃密に存在し、そして固くなってしまったとはいえ「心」がある。「心」と訳した言葉はフランス語では「心臓」とまったく同じ単語である。「愛」が現れる文脈上「心」と訳出せざるを得なかったが、ルヴェルディ詩学ではこれを文字通り「心臓」と捉えてはならない理由はまったくない。そうすると、ここでは現れてこない「血」のモチーフはその不在そのものによって詩の喚起力を強めることになる。もう「パン」を浸して柔らかくするワインとしての「血」もなく、「心臓」は放置されたフランスパンのように固くなって生き生きとした「血」を送り出すこともない。今や疲れや諦めは詩人の心の中で大きな場所を占めているだろう。だが、それでもあえて手に残る「現実」としての「灰」や「塩」を摑むことでそこに「衝撃」と「閃光」を創り出し、流れほとばしる「血」を再生させて「愛撫」や「愛」へと向かおうとする詩人の姿がそこにあるのだ。

*

本書では、一九一八年の『屋根のスレート』ではじまって、「イマージュ」の詩学が一九二〇年代から新たに展開するのを見た後、一九六六年に没後出版された絶筆『流砂』を収めている。そこでは、一九二〇年代以後の冒険譚としての詩学が重層的に展開されたのち、一つの祈りで締められている。

だがしかし私に長居がまだ許される定めだとしたら
泣くべき何かを
微笑むべき何かを
道行きの偶然にまかせ
失うため

勝ちとるため
そして血の訪れを
日ごと日ごと待つための長居が許されるなら
それなら
　私は天に祈ろう
いかなる人であれ私のことを見るにあたっては
幻影をもたらす一枚のレンズを通してであるように
そのレンズが捉えるのはただ
人を寄せ付けぬ水平線に広がる冷たいスクリーンに映る
苦み走った鉄線がおりなすこの横顔のみ
それほど絶妙に色褪せていくこの横顔
流れる水で
露の涙で
太陽の滴で
海の波煙で

（本書九五－九六頁）

ほとんど遺言のようなこの祈りに読み取れるのは、躍動する「血の訪れ」を待ちながら、自らが生きた「現実」との接触の末にのこされたかすかな痕跡だけを、つまり絶えず海水に曝され続け形を無くしていく「鉄線が織りなすこの横顔」だけを「水平線」上に残したいとの願いである。そして詩人はこうも付け加える。「幻影をもたらす一枚のレンズ」を通してだけ自分のことを見て欲しい、と。そのレンズは、「水平線」という視界の極限で二義的な要素が洗い落とされた詩人の「横顔」を見いだそうとする読み手の精神そのものだ。そうして詩人の「横顔」の探求に出たはずの読み手自身の精神は、すでに馴染みのものとなった自らの認識の枠組を踏み出ていき、それまで未知のままであったが自らの実存の本質に迫る何かへと至るだろう。そこでひとつの「衝撃」が生じるのは、それは読み手が自身の外部にある詩人の何かを発見したからではない。作品は詩人のものでありながら、そこで生きる体験は読み手自身の固有なものであり、二つとして同じものがあるはずのない何かが突如として開示される、そのような事態を生きるからこそ、それが「衝撃」として生きられるのだ。たしかに、個人の主観のなかで起きる事態である限りにおいて、「幻影」とでも名付けるしかない何かを経なければならない。しかし、それこそが詩人が「詩と呼ばれるこの情動」で描き出した読み手と作り手の最良の出会い、つまり時間と空間を越えて「唯一なるものと唯一なるものがその差異の源泉において合流する」（本書一四二頁）という「閃光」にも似た特権的な詩的体験なのだ。

また、グリッサンとともに「一枚のレンズ」がもたらす「幻影」を「風景」と捉えることもできるだろう。死期が迫るのを実感していたであろう晩年の詩人は、「神」を求めてパリを離れた時のように絶対的な何かをどこか遙か彼方に設定する必要はもはやなかったのかもしれない。ルヴェルディの多くの作品で「水平線」は視線の向かう先としてあらわれてきていたのに対して、ここでは詩人はその彼方へ自らを置いているからだ。視界の届くことのない「水平線」の彼方へ旅立つことはすべての人間の宿命として課せられている。この動かしがたく絶対的な事実を引き受けながらも、詩人は自らの「横顔」を「水」をはじめとした事物たちが現れては消え続ける流動する「風景」として詩作品のうちに残していく。この「風景」は「そこにあるものについて最も密度の高いヴィジョンとそのもっとも確かな表現に接近した人間」(本書一六六頁)つまり詩人のものでありながら、常に読み手に開かれている。そこで読み手はまだ漠然としか意識しか持ち合わせていないような自分自身の「風景」と突き合わせることになる。それは自分自身の「風景」の固有性と唯一性を明らかにする作業となるだろう。そうして、それぞれの人の「風景」は何らかの価値判断やイデオロギーに色塗られる必要もなくなり、自らの外部にある何かと交換可能なものではなくなるだろう。グリッサンの表現を借りるならば、そうして「世界に通じる明かり窓」(本書一六六頁)が開かれ、光がもたらされ、「孤独が徐々に姿をあらわし不安が心を突き刺してくるまさにその場所で、周囲にあるものとの間に安寧が生まれる」(本書一六六頁)のである。

　ここまでみてきたように、ルヴェルディはシュルレアリストの先駆者としての一面には到底収まりきらない詩作品を残してきた。むしろシュルレアリストたちにアヴァンギャルドの前線を明け渡して以降にこそ、ルヴェルディ詩学は豊かに展開していった。希望と失望、喜びと悲しみ、欠如と充溢、期待と諦念のすべてを含めた「現実」に向き合い「現実」の欠片をあつめ、その欠片をとおして読み手の精神のなかで読み手自身の固有の「風景」が生成されてゆくようにする、それがルヴェルディの詩的創造となっていったのである。そこに、ある価値観やイデオロギーに回収されることのない、読み手それぞれの固有性を尊重する脱中心的な文学的営為を目指し続けた詩人の歩みを見ることができるのではないだろうか。

訳者あとがき

本書はピエール・ルヴェルディの一九一八年から一九六〇年にわたる詩業から、いくつかの詩作品と詩論を摘み取ったアンソロジーである。ルヴェルディの作品にアクセスを試みたことがある方は、一九一五年から一九二二年までの詩作品をほぼ網羅する形で収録した詩作品集成『ほとんどの時間 *Plupart du temps*』と、一九二五年以降の作品をこれまた網羅するかのようにまとめたもう一つの詩作品集成『手仕事 *Main d'œuvre*』の二つをすぐに思い浮かべられることだろう。ところが、ガリマール社のポエジー叢書にも入っているこれら分厚い二冊を手に取ってみたときに、まずはその作品数の多さに圧倒される。そしてページを開いて読んでみると作品と作品の間の連関がほぼ絶たれており、その膨大な数の詩をどのように捉えればよいのか途方に暮れる、というのが詩人との最初の接触となることが多いのではないだろうか。訳者二人ともそうして途方に暮れては数歩だけ前進する、そういったことを十数年にもわたって繰り返してきたというのが正直なところだ。そこで本書では取りあげる作品の数を絞り込んで読者が初期から晩年までの詩業を見通せるようにすることを目指した。そこに詳細な書誌情報と詩人の詩学的および伝記的解説を試みた「訳者解題」を添え、ルヴェルディが書いたことと語ったことにとどまらず、語ろうとしなかったことまであえて踏み込んで作品を読む鍵を提供することを試みた。こうした企図が詩人の望みにかなうかどうかは訳者たちとして心許ない限り、というよりも、『流砂』で読み取れるような詩人の遺言に背馳すらしているのかもしれないが、一人でも多くの方に詩人を身近に捉えて頂きたいという願いの方が勝ったというべきだろうか。

詩人が身近になると、何が聞こえてくるのだろうか。それを知る手がかりとして、本書冒頭には詩にも詩論にも分類されない、ほぼ独白に近いような文章を収録している。訳者たちの判断で「詩人のことば——巻頭言にかえて」という題をつけたこの文章は、前半期の詩作品集成『ほとんどの時間』の「書評依頼 Prière d'insérer」である。この「書評依頼」は、一九四五年六月にこの詩集の刊行時に付されるとともに、一九四五年雑誌「エテルネル・ルヴュ *L'Éternelle Revue*」第四号にも掲載され、その後の『ほとんどの時間』のすべての版で冒頭に収められることになったものだ。

そこでルヴェルディは言う、「傑出した何かを私が成し遂げることはもうないだろう」と。諦めの表出にも見えるこの表現はそのまま断念を意味するものではない。断念と希望のあわいを進みながら地道に粘り強く書き続けたのがこの詩人だ。ルヴェルディは一九四五年以前もそれ以降も、多少の小休止を置きながら、詩、詩論、手記などを発表し続け終生にわたって書き続けることになる。成し遂げられなかったことへの後悔や諦念をそのままに見つめ、インクの泡を泡と知りつつ紙に言葉を記し、それが読者のうちでかけがえない貴重な何かへと変容を遂げる可能性だけを導きの糸として。

そうして詩人は戦争と占領の暗い個人的な体験を直裁に語りはじめるかにみえる。「誰か」に知らされて「私」が「親友」の身元確認に赴くという小逸話が唐突に挿入されるのだ。しかし、扉の隙間から見える光景を前に、死体の身元確認というコンテクストは鮮やかに廃されて、見事に開かれた「傷」にのみ焦点が当てられる。「傷」が「一冊の本のように」開かれていたと詩人が書くとき、読み手であるわたしたちは戦争やレジスタンスといった物語＝歴史から引き離され、彼の被ってきた「傷」とそこから生まれた作品、もしくは「親友」かもしれない死体を目の当たりにして彼が被りつつある「傷」とそこからまた生まれたであろう作品へと送り返されるのだ。「傷」の痕跡としての詩、その集積である詩集。小さな「傷」の集積は大きな「傷」となり、大きな物語に回収されることを拒絶しつつ一冊の本となるだろう。こうして見てみると、扉の隙間から「喉仏から臍の下まで」開かれた「傷」を目の当たりにして何かを物語るのではなくただそれを凝視する詩人の姿は、詩集のページに刻まれた詩人の「傷」の痕跡をたよりに、自らの「傷」から生まれる苦しみをどんなものにも回収されない自分自身の貴重な何かとして生きようとする読者の姿を逆照射するかのようだ。生きることが避けようもなく突きつけてくる困難の向こう側で、詩人と読者がそうした時空を超えた最良の形で出会うことへの鍛え抜かれた希望、それこそが訳者たちが作品を読み進めるうちに身近になった詩人から聞こえてくるものであった。本書の附論でグリッサンがわたしたちに教えてくれるように、詩人は作品という場で読み手と落ち合う約束をする。そして待ってくれている。詩人は「いつも約束の時間よりすこし早めに着くように」心がけているのだから。本書のような形で詩人の作品を日本語にすることで、日本の読者の方がその場に赴いて詩人に近づく手助けとしたい、それが本書を通底する訳者たちの切なる願いである。

詩論については、ルヴェルディの詩作活動が活発であった一九二〇年代と一九四〇年代を総括する四篇を取り上げた。とりわけ後期の代表的な詩論「詩と呼ばれるこの情動」の全文翻訳は、本書の大きな意義の一つである。あらゆる党派性から身を離した詩人がほぼ徒手空拳で身近な実感だけを頼りに書いたこの詩論は世を席巻するといった反響こそ呼び起こさなかったが、おそらく今現在にいたるまで詩を読み書こうとする人々を励まし続けているものだ。すくなくとも、訳者の一人平林は初めてこの詩論と出会ったときの衝撃から研究対象を変えてしまった経験を持つ。パリの国立図書館にラジオ放送された詩人による朗読の録音が残されていることは解説に記した。その録音を聴こうと国立図書館の音響映像資料部に赴いたときのことだ。カウンターの向こうで担当してくださった司書の方が、ここでいうべきことではないだろうけれど、と迷いながら「私もルヴェルディが好きだよ（J'aime Reverdy）」と小声で教えてくれたことがある。詩を巡る言葉が直截に届くことは大変難しい時代に私たちは生きている。ルヴェルディも詩作では難解さを免れなかった。しかし、あるときは訴求するという言葉を使いたくなるほどに読者へ言葉を届けようとする詩人の姿もあるのだ。本書ではそうしたルヴェルディのいわば「陽」の魅力を、詩論を通して紹介することも目指した。

ルヴェルディの詩を読む行為について、作品という「約束」の場に赴いて詩人に近づくという距離の比喩を用いてみたが、実はその場に向かう道や方向が決められているわけではない。一つの詩のなかに散らばっているようにみえる諸要素が、互いに響き合うのを様々に味わう、まずはそこから読むという行為は始まる。どんな順序でも、どのような組み合わせでも、文法の約束事を超えたところですら、読者の精神は詩の言葉たちの間に生まれる諸関係を自由に享受できる。ただし、作品を日本語に移し替える任を負った訳者としては、それら諸関係が「遠ざかっていながらも的確」でなければならないとした詩人のイマージュ論における要請に縛られないわけにはいかない。詩人本人は定義できずとも強く意識していたであろう、この「的確」さを巡って、訳者たちはずいぶんと手間と時間をかけることになった。ルヴェルディの詩はその断片化された印象に反して文の構造がしっかりしていることも多く、そこは解釈の枠組として尊重しなければならない。構文は取れるとして、そこに全く異なるものや相反するものが無理矢理に接続されていたり、意味がにわかには通らなくなっていたり、あえて抵抗感の強い要素同士を選んでゴツゴツとしたままで並置させられていることも多い。では、それをどのような日本語に落とし込むのが「的確」なのか。その答えは宙づりにされたままあらゆる可能性を検討し、もっとも「的確」らしい訳をひねりだすことを強いられたともいえる。ところが、そこに石があるようにそのまま訳出せざるを得なかった言葉たちのあいだに、未来の読み手が何らかの「的確」さを見いだすことは十分にあり得る。いや、むしろそうでなければならないはずで、訳者たちの限定された了解の地平の手前に無理矢理収める愚は避けなければならない。そのために「どうしてこんな言葉になるのだろうか」という問いに可能な限り答えを用意し、「この言葉が駄目だという理由もないのではないか」というところまで議論を尽くすことを作品ごとに繰り返した。ほぼすべての詩作品は山口が、「ギリシア旅行」『流砂』および詩論と附論については平林が議論の土台となる下訳を作成した。その下訳を訳者二人で突き合わせ推敲したのだが、この作業に入ると朝から晩まであっという間に一日が過ぎていったことが思い出される。こうした二人の対話と議論なくしてはルヴェルディの詩作品を日本語に移すことはとてもではないがかなわなかったことだろう。

本書はアンソロジーでありながら収録された散文詩の題名「魂の不滅なる白い砂漠」をそのまま書名としている。この詩については訳者たちの修業時代の逸話がある。やっと非常勤講師の口が与えられたばかりの平林と博士課程に進んだばかりの山口がそれぞれ数千円を握りしめて向かった居酒屋でのことだった。ただ騒がしいばかりのカウンターに空のビールジョッキがいくつか並ぶようになったころ、平林が大きな声を出してこの詩を朗読し始めたのだ。ルヴェルディを博士論文の主題にしたはいいもののどこから取りかかればよいのか途方に暮れていた山口は、そのときのフランス語の詩の感触をたよりに本書の大きな柱ともなった『ガラスの水たまり』詩群の重要性に開眼していったのだった。その後も訳者たちの導きの糸となってくれたこの作品を日本の読者の皆様にご紹介できること、しかも本書の書名にさせていただけたことは大変な喜びである。

訳者たちは二人ともフランス文学研究の世界で教育と訓練を受けたものの、現在はそれぞれほとんど別の世界で仕事をしている。一人の詩人に肩入れするだけが取り柄で高度化する研究への貢献などまるでできそうにない不器用な二人が、なんとか生計の道が与えられただけでもありがたいものだ。悲惨と後悔と貧窮を歌うことの多い詩人にこちらの人生までそれで染め上げられてしまうのではないかと危惧を覚えたのも一度ではない。なんとか、生き抜かなければならなかった。そこでルヴェルディを読む行為は邪魔になるどころか、生き抜く力の源泉のようなものにもなっていったのは今思い返しても不思議なことだ。当の本人たちはそれでよいかもしれないが、意味がわからない文章についてあれこれ思いを巡らすだけで、家計になかなか貢献しそうにない姿は家族には理解し難かったのではないか。本書完成までそれでも温かく見守ってくれた訳者たちの家族にささやかな感謝を。そして、日本でまだあまり読まれていない詩人を紹介するのに、内容においても見た目においても普通ではない企画となってしまった本書の編集と出版を引き受けてくださった幻戯書房、とりわけ私たちの提案を受け容れてくださった中村健太郎氏にはこの場を借りて最大限の敬意と感謝を表したい。

訳者

二〇二一年五月二十日

［著者略歴］

ピエール・ルヴェルディ［Pierre Reverdy 1889–1960］

南仏ナルボンヌに生まれる。二十一歳のときにパリに移り、詩人マックス・ジャコブや画家パブロ・ピカソ、ジョルジュ・ブラックらと親交を結ぶ。一九一五年処女詩集『散文詩集』を出版。一九一七年から雑誌「南北」を主宰しながら一九一八年には詩集『屋根のスレート』を刊行。一九二六年にはパリを離れてサルト県ソレームに隠遁。その後詩集『屑鉄』『死者たちの歌』、手記『私の航海日誌』などを出版し、生涯にわたり書く行為を続けた。

［訳者略歴］

平林通洋［ひらばやし・みちひろ］

一九七二年大阪府生まれ。立教大学文学研究科博士後期課程満期退学。パリ第三大学ＤＥＡ課程修了。いくつかの大学でフランス語講師を務めた後、現在は仏語圏アフリカ諸国との国際協力を中心に日仏通訳・翻訳者として活動。

山口孝行［やまぐち・たかゆき］

一九七〇年群馬県生まれ。筑波大学博士一貫課程修了。博士（文学）。パリ第三大学マステールⅡ修了。現在はＥＣＣ国際外語専門学校専任講師、神戸大学国際教養教育院および人文学研究科非常勤講師。主な著書に『ピエール・ルヴェルディとあわいの詩学』（水声社、二〇二一年）がある。

〈ルリユール叢書〉

魂《たましい》の不《ふ》滅《めつ》なる白《しろ》い砂《さ》漠《ばく》 詩《し》と詩《し》論《ろん》

二〇二一年八月九日 第一刷発行

著者 ピエール・ルヴェルディ

訳者 平林通洋・山口孝行

発行者 田尻 勉

発行所 幻戯書房

郵便番号一〇一－〇〇五二

東京都千代田区神田小川町三－十二 岩崎ビル二階

電話 〇三（五二八三）三九三四

ＦＡＸ 〇三（五二八三）三九三五

ＵＲＬ http://www.genki-shobou.co.jp/

印刷・製本 中央精版印刷

ISBN978-4-86488-227-9 C0398

〈ルリユール叢書〉発刊の言

　厖大な情報が、目にもとまらぬ速さで時々刻々と世界中を駆けめぐる今日、かえって〈遅い文化〉の意義が目に入りやすくなってきました。例えば、読書はその最たるものです。それというのも読書とは、それぞれの人が自分のリズムで本を読み、日々の生活や仕事、世界が変化する速さとは異なる時間を味わう営みでもあります。人間に深く根ざした文化と言えましょう。

　本はまた、ページを開かないときでも、そこにあって固有の時間を生みだすものです。試しに時代や言語など、出自を異にする本が棚に並ぶのを眺めてみましょう。ときには数冊の本のなかに、数百年、あるいは千年といった時間の幅が見いだされるかもしれません。そうした本の背や表紙を目にすることから、すでに読書は始まっています。

　気になった本を手にとり、一冊また一冊と読んでいくと、目には見えない書物同士の結び目として「古典」と呼ばれる作品があることに気づきます。先人の知を尊重し、これを古典として保存、継承していくなかで書物の世界は築かれているのです。かつて盛んに翻訳刊行された「世界文学全集」も、各国文学の古典を次代の読者へと手渡し、共有する試みでした。

　古今東西の古典文学は、書物という形をまとって、時代や言語を越えて移動します。〈ルリユール叢書〉は、どこかの書棚でよき隣人として一所に集う――私たち人間が希望しながらも容易に実現しえない、異文化・異言語・異人同士が寛容と友愛で結びあうユートピアのような――〈文芸の共和国〉を目指します。

　また、それぞれの読者にとって古典もいろいろです。私たちは、そのつど本を読みながら、時間をかけた読書の積み重ねのなかで、自分だけの古典を発見していくのです。〈ルリユール叢書〉は、新たな古典のかたちをみなさんとともに探り、育んでいく試みとして出発します。

Reliure〈ルリユール〉は「製本、装丁」を意味する言葉です。
ルリユール叢書は、全集として閉じることのない
世界文学叢書を目指し、多種多様な作品を綴じながら、
文学の精神を紐解いていきます。
一冊一冊を読むことで、読者みずからが〈世界文学〉を
作り上げていくことを願って――

［**本叢書の特色**］

❖名作の古典新訳から異端の知られざる未発表・未邦訳まで、世界各国の小説・詩・戯曲・エッセイ・伝記・評論などジャンルを問わず紹介していきます（刊行ラインナップをご覧ください）。

❖巻末には、外国文学者ならではの精緻、詳細な作家・作品分析がなされた「訳者解題」と、世界文学史・文化史が見えてくる「作家年譜」が付きます。

❖カバー・帯・表紙の三つが多色多彩に織りなされた、ユニークな装幀。

［以下、続刊予定］

部屋をめぐる旅 他二篇	グザヴィエ・ド・メーストル［加藤一輝＝訳］
修繕屋マルゴ 他二篇	フジュレ・ド・モンブロン［福井寧＝訳］
ルツィンデ 他四篇	フリードリヒ・シュレーゲル［武田利勝＝訳］
放浪者 あるいは海賊ペロル	ジョウゼフ・コンラッド［山本薫＝訳］
ドロホビチのブルーノ・シュルツ	ブルーノ・シュルツ［加藤有子＝訳］
聖ヒエロニュムスの加護のもとに	ヴァレリー・ラルボー［西村靖敬＝訳］
不安な墓場	シリル・コナリー［南佳介＝訳］
シラー戯曲選 ヴィルヘルム・テル	フリードリヒ・シラー［本田博之＝訳］
魔法の指輪 ある騎士物語	ド・ラ・モット・フケー［池中愛海・鈴木優・和泉雅人＝訳］
笑う男［上・下］	ヴィクトル・ユゴー［中野芳彦＝訳］
パリの秘密［1〜5］	ウージェーヌ・シュー［東辰之介＝訳］
コスモス 第一巻	アレクサンダー・フォン・フンボルト［久山雄甫＝訳］
名もなき人びと	ウィラ・キャザー［山本洋平＝訳］
ユダヤの女たち ある長編小説	マックス・ブロート［中村寿＝訳］
ピェール［上・下］	ハーマン・メルヴィル［牧野有通＝訳］
詩人の訪れ 他三篇	シャルル・フェルディナン・ラミュ［笠間直穂子＝訳］
残された日々を指折り数えよ 他一篇	アリス・リヴァ［正田靖子＝訳］
遠き日々	パオロ・ヴィタ＝フィンツィ［土肥秀行＝訳］
ミヒャエル・コールハース 他二篇	ハインリヒ・フォン・クライスト［西尾宇広＝訳］
復讐の女 その他の短編集	シルビナ・オカンポ［寺尾隆吉＝訳］
化粧漆喰［ストゥク］	ヘアマン・バング［奥山裕介＝訳］
ダゲレオタイプ 講演・エッセイ集	K・ブリクセン／I・ディーネセン［奥山裕介＝訳］
ユードルフォの謎	アン・ラドクリフ［田中千惠子＝訳］

＊順不同、タイトルは仮題、巻数は暫定です。＊この他多数の続刊を予定しています。